ちくま学芸文庫

甘美な人生

福田和也

筑摩書房

目次

IV

甘美な人生

批評私観――石組みの下の哄笑

「批評」について考える度に、思い浮かべる情景がある。

四本位の松が、三十米間隔で植えられた空地に、二三千もの、握り拳大の、石が散らばっている。

その禅寺は東海地方にある。訪れたのは、十月も終わりに近い頃で、参道に点在する農家の低い垣根から、実がみっしり付いた蜜柑の木が枝を張り出していた。凡そ厳しい表情の無い周辺の丘陵には、寒い日などある筈がないような陽が射していた。空気は開放的な気分に満ちて、少し背伸びをすれば、海が見えるような気さえした。

モルタル造りの山門をくぐり、本堂の脇から庫裏に抜ける路の左、本堂の裏手に当たる場所に、小石が一面に並べられていた。帰宅してから調べると、この石群は、江戸中期にこの寺を開基した禅僧が、殺した弟子たちの墓と言い伝えられていた。

この僧侶は、自らの肖像画に、蒙僧を鏖殺《おうさつ》する（本当に「鏖」という文字を使っている）

という偈を記している。彼が蒙僧と呼ぶのは、戒律を破ったり、信心に欠けている僧ではない。彼が悟りと呼ぶ境地に至る事の出来ない僧の事である。しかし、悟る事の出来る者など、此の世に居るのだろうか。

見込みがない修行僧を、彼は容赦無く殺したと云う。自ら弟子を踏み殺し、殴り殺し、回向もせずに埋めた屍の上に石を置き見せしめにしたのが、その石群である。

彼の基本的な認識は、生には何の意義もない、という事らしい。もしも生に意味がないのなら、人を殺すのに何の遠慮もある訳がない。無が無に反るだけの事だ。弟子を殺すことは、その教えであった。

だが不格好な石が、いくつも長閑な光の中に転がっている姿を想い浮かべると、凄惨なのだが滑稽で、不思議な安心がこみ上げてくる。

極めて虚無的な価値観を、ユーモラスに示すこの光景は、禅寺院の石組みだけで造られた庭、いわゆる枯山水の起源が、墓地ではないかという発想を齎す。勿論この江戸中期の遺構が、足利時代に創始された庭園様式の原型ではあり得ないが。

にも拘わらず私の発想が必ずしも無稽ではないのは、最初の枯山水庭園とされる西芳寺内の穢土寺庭は、吉村貞司によるならば、元来洪隠山とよばれるサンマイだったからである。

サンマイは、民俗学で云う両墓制に於て、祭祀の対象となる村落圏内の墓に納める前に、屍が白骨化するまで一時的に葬る土地である。通常村落の領域の外側に設けられる。無縁や弔いが禁じられた不浄の死者も埋けられた。勿論サンマイには、墓石などない。掘り返すための印として、木の札や石が置かれただけだろう。

洪隠山は、中原摂津氏のサンマイであった。如何なる理由で摂津掃部頭親秀が暦応二年に、自家のサンマイを寺の用地として夢想国師に寄進したのかは明らかでない。

摂津氏は、大江広元の嗣流に属し、代々鎌倉幕府で、北条氏の側近を務めた。親秀は、千早城攻囲に鎌倉側として参加しながら、いち早く楠木側に寝返り、建武新政に加わった。だが一族の者総てが、親秀の様に機敏だった訳では無い。

『太平記』巻十「高時ならびに一門以下東勝寺において自害の事」には、自害を渋る北条高時の面前で長崎二郎高重が酒杯を傾け、「これを肴にしたまへ」と腹を切り「腸手繰り出だし」て見せたのを、「あつぱれ肴や。いかなる下戸なりとも、これを呑まぬ者あらじ」と受けて飲み干して摂津刑部大夫道準が切腹した様や、摂津宮内大輔高親、左近大夫将監親貞らが外の北条一門と共に、「われ先にと腹切つて、屋形に火を懸けた」と記されている。

摂津親秀が、幕府倒壊の七年後一族の不浄墓を寄進した理由に、「血は流れて大地にあふれ、漫々として洪河の如くなれば、尸《かばね》は行路に横つて累々たる郊原の如し」という、鎌倉崩壊の光景がどのように働いているかは知れない。

夢想は、洪隠山に、池泉を持たない石組みだけの庭園を築き、楞伽窟《りょうかくつ》と呼んだ。この名の元となった楞伽経偈頌品は、行者が住むべき場所を規定して、木の下や岩穴、路地とともに墓所を挙げている。

夢想国師による西芳寺の建立が、庭園による思想の表現、もしくは信仰の対象そのものとしての庭園というきわめて日本的な芸能の発端である事は云うまでも無いだろう。だが夢想の絢爛たる作庭の根本は、屍が溢れる鴨川の河原に隠遁した大燈国師と同様の意志に貫かれていた。枯山水とは、死者の山の上に築かれた沈黙の音楽であり、現世の根本的な実相を前にして、尚示し語られ得る思考の試みなのである。

昭和十年代、この東海の寺の住持だった高僧が、支那事変の慰問に出掛けた。彼は説教会場に集められた兵士に、愛国的な演説も、国民の心得も述べなかった。

彼は、「人というのは、ほっといても何れ死ぬものだ。だからいくら殺しても罪になんかなりはしない。いくらでも殺しなさい」と語った。

すると、緊張していた兵士たちの間から穏やかな笑い声と、嘆声が漏れたと云う。

この言葉は、大方の読者を憤激させるだろう。だが私は、恐ろしく思いながらも、納得する。

彼は、兵士達の罪悪感を除いてやろうとしたのではないし、救済しようと試みてもいない。たしかに兵士達は、敵が殺しても構わない存在であることを識る。だがそれは、自分達も、殺されても何の支障もない存在であると認める事だ。そして恐らく、後者の認識の方が、兵士達にとって意義深かったのではないか。

これこそが批評だ、と、今の私は思っている。

それはまず、戦争は悪だと叫ぶ、あるいは奴らを殺せと唱える思想や哲学、理想、スローガンへの批判であり、殺し殺される現実を意味ありげに見せる歴史や政治への批判である。

と同時に、敵を殺すことで生き延びる者、敵を殺すことを仕事とする者、現世のもっとも覆いない地点に立っている者、つまり如何なる来世の栄光や思想も色褪せる場所にいる者の言葉で語り、彼らに理解させ、己を顧みる事を促している。認識によって彼らの居る場所を克明に描き、精神を弾ませ、笑わせる。それはまさしく生き返る心地だろう。

私の生には何の意味もない。私はいつ殺されても仕方がない。実際いつ死ぬか解らない。人を殺すかもしれないし、殺すだろう。にもかかわらず私は生きることに、あるいは己に執着し、そこに何かの意味を、温かさを、美しさを見たと思いこむ。そしてもしかしたら、「尸の郊原」の上に、かりそめにもそのような物がありえたかもしれない。その幻を、実体を、私は言葉と呼び、サンマイの上でのその笑いを、私は仮に批評と名づける。

∴

ワインについての文章は、アングロ・サクソン流とフランス流の二系統に大別される。フランスを発祥の地とする酒類の分類や区分け、瓶詰や出荷の中の実践的部分は、イギリス人の手によって作られた。アングロ・サクソンのワイン・ライターは極めて理知的であり、明快だ。

例えばR・パーカー・Jr.の『ボルドー』。この高名な著作でパーカーは、現在の消費者が買う事の出来る一九六一年から一九八六年までの主要シャトーを毎年分数回に亘って試飲した上で評価を下している。彼は取りあげた全シャトーの全収穫年について、簡潔な文章で、葡萄の出来映えから樽の使用法、醸造や濾過の遣り方、瓶詰時期の情報と、実際のワインの香りや味覚、タンニンの分析と全体的な鑑賞を記し、その上百点満点で何点という数字評価を記し、試飲の間の熟成の推移から予測した飲み頃と衰退期を、具体的な日付で書いている。

一方、J・ピュイゼといったラテン流のワイン・ライターは、このような話を書く。旧知の農家から、三十年前に作ったまま忘れていたウオッシュ・チーズが届いた。賞味すべく参集した同好の士の面前で、ボツリヌス菌の巣窟となったカビを慎重に除き、予て用意した七五年のトロタノワと合わせるが、全く歯が立たない。然らばと議論の後に、六一年のオーブリオンが抜かれる。しかしこの定評あるワインのアロマも、鼻孔の奥を錐でつくようなチーズの刺激と熔岩のような舌触りには色付き水も同然である。何本ものワインが蘊蓄や経験の限りを尽くした検討を経て供されては空しく退場する。ついにマデラ酒化した十九世紀末のフィロキセラ禍以前のボンヌ・マールが抜栓され、静々とグラスに注がれる。器の口から漂う香りは、チーズの臭いと一体になり、参会者の肺を満たす。何と素晴らしい調和、これぞフランス文化の神髄、何という誇大な空しさ……。

二つのワイン評論のスタイルの内、フランス式が私が考える批評に近い。アングロ・サクソン流が批評ではない、というのは数字を使ったりデータを山盛りにしているからではない。また「文学」的でないからでもない。パーカーの著作は、ワインの印象を表現する語彙の豊富さや、描写の明確さ等の感嘆すべき「文学」性を持っている。先例や通念を覆す果断さや、下した評価への責任の取り方も誠に男性的で、パーカーのような「批評家」が、日本の文壇にも居てくれれば、と思わないではない。にも拘わらずアングロ・サクソン流のワイン・コラムが、批評でないのは、評価や記述が、最終的にワインの消費者のために書かれているからだ。いくら表現が文学的であり、醸造や熟成の理論が盛り込まれていても、バイ・ガイドはバイ・ガイドでしかない。

勿論実際に本を買わなくても書評を楽しむ読者がいるように、ワインを買わずにパーカーの評価を楽しむ読者もいるだろう。だがその楽しみは、あくまでパーカーの体験を追体験し得るという前提によって支えられている。パーカーの華麗な評価と厳密さは、彼が下した評価を読者が其の儘なぞり得るという責任に支えられている。市場を流通する、八二年のコス・デストゥルネルといった個別のワインを媒介として初めて、読者とパーカーの関係も、読書も成立し得る。これは、書評や文学史や文学理論といった文芸作品・制度に依存する消費案内が批評でないのと同様である。

バイ・ガイドという側面から見れば、ピュイゼの書いているような文章は、いくら蘊蓄に富み、何がしかの理論が援用されていても、与太話に過ぎない。ピュイゼの設定は余りに極端で、彼が試している十九世紀のワインや何十年前のチーズを読者が手にいれることは不可能である。

この事は、ピュイゼが、読者の追体験やワインの媒介を当てにしていない事を示している。ピュイゼの議論には、何の具体的支えもないのだ。ゆえにピュイゼは、あたかも小説のように場面を設定し、状況を説明し、議論を伝え、構成して、文の力によって彼個人の再現不可能な体験を読者にも体験させる。

ピュイゼが、作品の外部に具体的な評価の支えや、追証明の媒体を持たないのは、彼の文章が極めて根本的な問いを担っているからである。人が、ワイン等というやくざな道楽に血道を上げるのはなぜなのか、酒に捕らわれ、その微細な魅力を探し当てるために捧げられた人生とは何なのか、人間の快楽は、情熱は何処まで行くのか。

このような問いは、市場や現実のワインの前提を問うているのだから、それらに依存する訳にはいかない。だから彼は、文章自体を虚空の酒として醸造し、想像させ、味わわせ、精神を揺り動かし、驚かし、絶望させる。

∴

批評は、一個の、独立した作品である。三島由紀夫は、保田與重郎の批評を読んで、「氏がむやみと持ち上げてゐる作品に一つ一つ實地に當つてみると、世にもつまらない作品ばかりなのに呆れた」と書いているが、このエピソードは、如何に保田が外部の媒体に頼らない独自の批評世界を持っていたかを証している。

文芸なり、音楽なり、美術なりの鑑賞を出発としながら、感想が批評となる時、批評は媒体から完全に独立した、文芸、音楽、美術其の物になる。此の点で私は、小林秀雄の『無常といふ事』、『蘇我馬子の墓』、『偶像崇拝』といった戦中戦後の「作品」が最も気にかかる「批評」である。

これらの「作品」の中で、小林は小説的設定や物語、歴史的記述、理論的分析といった複数のディスクールを使い一つの世界を、つまり「繪巻物の殘缺」や「巨きな花崗の切石を疊んだ古墳の羨道」を作り出した。

実際、批評ほど、多くの手法やディスクールを必要とするジャンルはない。これは批評が、体験の再現ではなく、体験それ自体であるという本質に由来する。恋愛小説や戦争小説、政治小説は存在し得ても、恋愛批評や戦争批評は存在しない。批評は、恋愛自体であり、戦争自体であり、政治であるからだ。

ゆえに批評が外のジャンルの文芸に持つ力は、啓蒙的な忠告や情報の提供ではなく、作品として発する力である。それは合理的な物ではない、どちらかと言えば作品としての批評が持つエネルギィが、外の書き手に憑依する体の事だ。小林秀雄の「社會化された私」を、いかに脈絡なく作家たちが受け取り、その誤解から多くの作品が書かれたか。

このような「作品」としての性格を持ちながら、批評は最終的に一個の認識である。批評文が様々な様式を消費して「世界」を作るのは、外部の支えや媒体を用いては届かない認識を求めるからだ。と云うよりも、この認識への意志によってのみ、批評は「作品」である事が出来、自ら作りあげた「世界」を破壊できるからだ。

西芳寺の枯山水が、石組みの下に不浄な屍の山を抱えていたように、この上なく美しく現れる『無常といふ事』も、「尸の郊原」を核心としている。そこで燃えあがっているのは大東亜戦争だけではない。眼前の戦乱から世に遍き凄惨さに踏み込んで行った地点でも精神に残った、失いを前にして猶肯定し得る何物かを見るために、この「殘缺」は描かれた。それは認識の体験と云うよりも、精神その物の創造と呼んだ方が相応しいかも知れない。

私が、みずから覚束無く思うのは、認識の意志を貫く事が出来るかという点である。批評について考える度に、あの寺の中庭の石の陰を、その下に埋けられている死者たちの屍を思い浮かべる。自分もそこに葬られるだろう事を想い、土の冷たさを、湿気を感じ、綿々とした恨みと憤怒で息苦しくなりながら、哄笑で石組みを震わせる力を乞い、願う。

I

柄谷行人氏と日本の批評

一

私は、時に、柄谷行人氏の批評文を読んで呆然とする事がある。

スチュアート・ヒューズは、一九三〇年代のフランスが知的鎖国状態にあったことを指摘している。この知的貧血状態がのちにドイツ哲学の生硬な言葉の乱暴な導入を生理的に要求したことは周知の事実である。小林秀雄が受けとったようなフランスの知的洗練は、いいかえれば知的貧血なのだ。すると、小林秀雄の批評が生彩を放っているのが、マルクス主義運動の全盛期、生硬な概念が暴力的にとびかった時期だというのも当然かもしれない。すくなくとも、そこにはダイアレクティックがあったが、マルクス主義の壊滅後にはそれはない。そして、実際の鎖国状態のなかで異様に美しくとぎすまされていった言葉が残されている。
（「交通について」）

文意に異議と反発を覚えながら、私は、文の力に圧倒されてしまう事を認めざるを得ない。

柄谷氏は、大胆な前提を次々と積み重ねて、一節で自論の地平を作りだしている。第一行を他人の著書の要約から始め、「一九三〇年代のフランス」は鎖国していたと語り、要約を「知的貧血状態」と言い換えて、直ぐに「ドイツ哲学の生硬な言葉の乱暴な導入」に結びつける。さらにフランス三〇年代の知的状況を、直接に小林秀雄のバック・グラウンドに短絡し、「すると」という接続詞一つで、ヒューズの語るフランスの「鎖国」を日本のマルクス主義の興亡と等置した後、小林秀雄の批評の変遷に対する評価を織り込む。一語、一文節毎に文脈を発展させて、柄谷氏は否応なく読者を問題の核心に引きずり込む。僅か一段落の裡に、三〇年代フランスの洗練＝鎖国＝貧血→小林秀雄の洗練＝鎖国＝とぎすまされた言葉、という図式を作りあげて、マルクス主義との対抗＝ダイアレクティック＝交通、という図式と対置する手腕は、見事だ。同様の事を、例えば蓮實重彥氏が書いたら一体何頁必要だろう。

ここで柄谷氏が迅速に積み上げた前提は、悉く事実に反するものでもある。ドイツ哲学の「生硬な言葉」がフランスに怒濤のように流入したのは、コジェーヴによるヘーゲル講義を中心として、現象学にしろ社会学にしろ、当の三〇年代である。その上小林秀雄は、三〇年代期のフランス文学、思想からは殆ど影響を受けていない。小林は、マリタンやゲオン、ブロック、デア、デュアメルらを重要視した事はない。普仏戦争後圧倒的なドイツ思想の影響下にあった一八九〇年代から第一次世界大戦前までの、ベルグソン、マラルメ、ランボー、ヴァレリィ、ジィドといった思想家、文学者との邂逅が、小林にとって決定的であった事は「周知の事実」である。

「マルクス主義の壊滅後」に「ダイアレクティック」はないというが、『近代の超克』に端的にしめされるような西欧文明全体との対立はどうなのだろう。「実際の鎖国状態」と言うが、戦争こそが大規模な「交通」ではないだろうか。実際、この戦争の間、小林は何度も支那に渡っている。

私は別に此処で柄谷氏の揚げ足を取ろうとしている訳ではない。ただこうした事実に平然と背いて構成される文章の性質が、柄谷氏の批評の特質を示しているがために、敢えて指摘した。

この文章には、否定しがたい生彩と加速感があり、また読者を批評の現場に引きずり込むダイナミックな表現力がある。だがその整合性は、本当に人間が生きている地平とは別の次元で調和している。といってもこの乖離は、必ずしも文章が歴史的経緯に忠実ではない事に因るのではない。

批評文も文芸である以上、叙述が事実に従っている必要はないし、これだけ魅力的な文章と論旨が展開出来ているのだから、少なくとも瑕疵とは言えない。

この文章に限らず、柄谷氏の批評文は圧倒的であり、歴史的経緯に関する私の指摘等は、〝批判〟になりはしない。だが矢張り間違っている。論旨として、内容としては正しい。だが根本の所で誤っている。単なる事実の軽視や誤認とは別の誤りが、この文の見事さそれ自体の中にある。

柄谷行人氏の批評の力は、抽象化による徹底性にある。

例えば柄谷氏は、『探究Ｉ』においてウィトゲンシュタインを援用しながら、「〝誰にとっても〟受けいれられる普遍的な規則」や「言語の規則体系」を否定し、「私が、ある言葉の『意味』を知っているかどうかは、私がその言葉の用法においてまちがっていないと他者（共同体）にみとめられるか否かにかかっている」と語る事で、超越的意味を他者の導入により打ち崩す。さらに、「ここで注意すべきことは、そのとき、他者もまた規則を積極的に明示できるわけではない」と言い放ち、「彼はただ『否』としかいえない」と言う。

つまり「意味している」という事は、超越性を排除して他者をその支えとして導入したとしても依然「無根拠的な危うさ」の中にある。ただ他者によって、偶然、無根拠に意味が承認された時、「そのかぎりにおいてのみ、『文脈』があり、『言語ゲーム』がある」にすぎない。しかもこの他者は、共同体を活性化する異人としての他者でなく、共同体の外部にいる「他者」であり、その上尚「外部」は如何なる意味でも「時間的・空間的場所」ではない、「『抽象力』によってのみ接近しうる」ような場所である。

この「意味」に拘わる節において柄谷氏は、「意味」に係わる規則や体系を一つ一つ潰し、さらに意味を否定する時に用いた「他者」等の概念をも空洞化し、その上で論の拠って立つ足場としての「外部」を宙吊りにする。

この批評文の魅力は、一つの概念や通念を単純に否定するだけでなく、連鎖的に論理の足場を崩していくスリルと徹底性にある。だが論理の徹底性が、そのまま柄谷氏の批評の魅力となっている訳ではない。論理が縦横無尽に活動する様子を、あたかも現在、眼前で展開されているかのように叙述して見せる文章の仕掛けにこそ魅力がある。勿論柄谷氏は、自らの思考の経緯をそのまま書いている訳ではない。思考があたかも現在生成しつつあり、その展開をまの当たりにし、読者が共有していると思わせるような臨場感を作るために多大な努力を払っている。冒頭で引用した文章のように、一気に加速していく文のリズムによって、柄谷氏は読者に氏の思索の現場に立ち会っているかのような錯覚を与える。

この効果を生み出すために柄谷氏は、文章から余計な装飾やエピソードを剝ぎ取って、あたかも裸形の思考がそこにあるように装った。柄谷氏の文章が難解であるというのは、著しい誤りだ。読者が注意深く読めば、完全に氏の「思考」をまのあたりにし、あたかも自分が考えているかのようにその思索が体験出来るよう、細心に工夫されている。その工夫の中核をなすのが、文章の抽象性である事は言うまでもない。

氏の文の抽象性は、読者に思考そのものを体験させるという、一種の戯曲性、というよりも思考が今まさに上演されているという臨場感への要求が齎した性格であり、その点で極めて意識的かつフィクティヴである。

柄谷氏の批評文は、観念と概念、一般性と普遍性、単独性と個別性、社会と共同体といった語彙を並置して、その差異を批評意識の立脚点にし、ドラマトゥルギィを作り出している。批評文は、並置された言葉の差異を様々な角度から論じ、またその差異の視点から多様な通念を分析するという形で構成されており、二項対立の内在的エネルギィによって批評文は動いていくために、読者は批評文の「外部」を忘れて、叙述に身を預ける事が出来る。二つの言葉は、単に批評というドラマを作りだすために並べられたのであるから、論理が進んで行く過程で加速し、推進力を増す。並置される語に柄谷氏が付与した意味は、批評の文脈を離れれば殆ど意味がない。ただ氏の批評文の中での、今一つの語との差異にのみ批評性があり、またその差異にのみ拘ることで柄谷氏の批評は卓越した抽象力を獲得した。

例えば最近では、「探究III」において、柄谷氏は「転回」と「転向」を並置している。

しかし、彼（引用者注、カント）はヒュームあるいは経験論に「転向」したのではない。つまり、立場を変えたのでもなく、上下の位階を逆転したのでもない。カントの転回は、それらとは別な形式的な「構造」を示すことにある。それは、何らかの立場や根拠をたんに斥けるのではなく、そのような仮象がいかにして存立してしまうかを示すことだ。したがって、彼がそれをコペルニクス的転回と呼んだのは、むしろ正確な比喩なのである。（「探究Ⅲ」第三回）

一見すると柄谷氏は「転回」という言葉を説明しているだけのように見える。しかしここで「転回」という語が批評性のある概念として現れているのは、「転向」という、おそらく哲学史的にも、歴史的にも殆ど文脈の交錯しない――というのも柄谷氏はここで明らかに「転向」を宗教的回心というよりは、昭和戦前期のマルクス主義者の政治的転換を念頭に置いて用いているのだから――言葉と並置された事に依っている。

柄谷氏が作り、あるいは新たに定義し直した夥しい概念や用語が、現在まで批評の場で使われているのも、この並置の批評性の為に外ならない。

こうした柄谷的語彙の代表に、「交通」という概念がある。「交通」は柄谷氏自身が説明しているように（「交通について」）マルクス・エンゲルスが『ドイツ・イデオロギー』で頻用している概念であり、単なる船舶や陸上輸送の往来だけではなく、情報通信から文化伝播、民族移動、侵略、戦争までを含んだ、intercourse全般を言う。だが柄谷氏は生産力についての論議に比重の措かれているマルクス・エンゲルスの定義から、ヘーゲル的な「歴史」(「探究III」で説かれる「物自体」としての「歴史」ではない)と並置された時の差異において「交通」を解釈している。「『世界史』というとき、私はヘーゲル的な意味でいうのではない。マルクスがいうように、『世界史』は、実際に世界が〝交通〟の網目に組みこまれたときに成立するのであって、〝交通〟それ自体に必然性があるのではなく、〝交通〟の結果がそれを生みだすにすぎない。マルクスが、歴史から理念や目的を排除するとき、〝交通〟という概念を用いたのはそのためである」。

柄谷氏は「交通」という概念に、「歴史」と並置した時の差異により、理念や目的、意味といった超越的要素への批評を込めた。「〝交通〟という視点は、私の考えでは、『歴史の意味』を排除する」。

タームによる批評の展開という柄谷氏の手法が、現在の文芸をめぐる言説の、柄谷語の蔓延という事態を招いた。柄谷的概念が魅力的であるのは、既に言葉そのものに「批評」が刻み込まれているためだが、それをそのまま使う事は筆者が柄谷氏の批評を偸む事に他ならないと同時に、柄谷氏の問題意識にあらかじめ組み込まれてしまう事を意味している。

この事態が示唆しているのは、批評家たちの怠慢だけではない。柄谷氏の批評文は、読者に思考を上演して見せる一方で、読者に思考停止を促してもいる。批評家たちを含む読者は、柄谷氏の作品を読み、自分が思考したかのような錯覚を抱く。しかしそれは自らの頭脳を柄谷氏に譲り渡したに過ぎない。その点からすれば、柄谷氏の文章には思考停止に伴う、一種のカリスマ性、教祖性がある。

故に柄谷行人氏の批評が、往々にして知的な興味や議論に偏りすぎているという批判は甚だしい誤解である。

「信ずることと知ること」という小林秀雄の言い回しを借りれば、柄谷氏は断固として「信ずること」に賭けている。柄谷氏が、古今の哲学や思想といった「知」的領域を奔走しているのは、知と対決するために他ならない。

小林秀雄は「信ずるということは、諸君が諸君流に信ずることです。知るということは、万人の如く知ることです。人間にはこの二つの道があるのです。知るということは、いつでも学問的に知ることです。僕は知っても、諸君は知らない、そんな知り方をしてはいけない。しかし、信ずるのは僕が信ずるのであって、諸君の信ずるところとは違うのです」（「信ずることと知ること」）と語った。

人が何かを学問的に「知る」時には、その対象を上から、或いは客観的に離れた所から眺めて把握するとすれば、「信ずる」時に人は、その対象を下から、あるいは並んだ位置から見つめ、自分一人で寄り添い、対立や差異の狭間に立つ。「知ること」に示されるような態度において人は、歴史に超越的な意味を与え、人を倫理や思想で裁く。「信ずる」時に私たちは人を裁くべきいかなる基準も方法ももたない。「知ること」が普遍的な思想や学問であるとすれば、小林にとっても柄谷氏にとっても「信ずること」が批評の本質である。学と信仰の双方を尊重した小林と違い、柄谷氏はあくまで批評の苛烈なダイナミズムに身を委ねている。批評のスリルは、柄谷氏にとって習得したり、理論化する「知」の働きに換言出来ない、ただ生きることによって示す他ないような営みだ。

われわれにとって、《批評》は、哲学者や社会科学者らの批評（批判）とは別なところに位置していたはずである。批評家といわれる者がすべて《批評》的であったわけではけっしてない。《批評》は、方法や理論ではなく、一つのシステム（言説空間）に属すると同時に属さない、矛盾にみちた危うい在り方のようなものだ、といってもいい。だが、これは〝はぐらかし〟とは似て非なるものだ。というのは、それは当人の身を引き裂かずにいないからである。（「批評とポスト・モダン」）

次いで、柄谷氏は、「《批評》」が批評を行う「当人」の「身を引き裂かずにいない」とは如何なる事か、J・デリダを例に挙げて語っている。

もちろんデリダの脱構築（ポスト批評）が、アルジェリア出身のユダヤ人がフランスの「知」のなかでとったぎりぎりの戦略だとすれば、まさにそれは《批評》である。が、そのようなものを〝習得〟することができようか。なるほど哲学者はそのようなものを新しい動向として習得することができるし、日本の哲学者はいつもそうしてきたのだ。もし日本で（少数の）の批評家や作家が、それら哲学者や社会科学者と比べて、むしろ〝内容〟的に貧しいにもかかわらず、ある優越性をもちえた（と私は思う）としたら、その理由はいうまでもない。《批評》が方法や理論ではなく、生きられるほかないものだからである。（同上）

柄谷氏は、「哲学を読み〝問題〟をつかむこと」は出来たが、「〝問題〟のなかですでに消去されてしまっているパラドックスを読むことができなかった」三木清を「《批評家》ではなかった」と捌く一方で、「『近代的』であることによって『反近代的』たらんとした」パラドックスを生きた西田幾多郎に批評を見いだす。また「自分が考えていることと、自分が実際にどう在るかは、つねにくいちがっている」ことを凝視したウィトゲンシュタインは、「哲学者ではなく、《批評家》であった」。

柄谷氏は、『資本論』についても、マルクスのユニークさは、「何らかの『哲学』を樹立したことにあるのでなく、テクストに対する彼の姿勢」にあるとし、「『資本論』とは、古典経済学のテクストに対するマルクスの読解であって、それ以上でもそれ以下でもない」と断ずる事で、マルクスを批評家と見做している。この点からすれば、「内省と遡行」以降現在までの柄谷氏の仕事は、「古典哲学」をマルクスの顰みに倣って読解する批評の試みである。『探究II』の中でも氏はデカルト、スピノザらを「批評家」として扱っている。無論これらの仕事を貫いているモティーフを、超越性の解体といった概念で言い表す事は出来るだろう。あるいは近代哲学を脱構築する試みでもあるだろう。しかし超越性への批判といい、意味や価値の脱構築といっても、柄谷氏は、一連の思惟をあくまで「批評」という枠組みの中で把え、遂行している。

私も含めて現在文芸に携わる人間は、何の拘りもなく〝批評〟という言葉を使っている。もちろん〝批評〟という言葉は、多義的であり、一般名詞として使うことに支障がある訳ではない。しかし柄谷氏の場合、氏の「批評」は、あくまで小林秀雄によって創始された近代日本特有の、きわめて特殊な文芸ジャンルの謂である。それはまた「知ること」に対して「信ずること」を突きつけるような、歴史や世界を超越して理論をこじつけたり、意味を見いだしたりしない、内側で生きられるほかない営みとしての批評である。

私はここで、かねてから柄谷氏自身が認識し、また島弘之氏などによって論じられてきた小林秀雄の影響を論じようとしている訳ではない。勿論柄谷氏は、おそらく誰よりも正面から小林秀雄の課題を受け止めたし、忠実にその問題意識の中で活動している。しかし柄谷氏が小林に忠実であるのは、小林秀雄に対する畏敬のためではなく、小林が開いた批評の故である。問題は小林秀雄ではなく、批評なのだ。
『探究II』は、「今後の諸学問が、本書における基礎的な問いを踏まえずにありえないことは確実である」という目の眩むような宣言をカバァに背負い、一見哲学書として読むべきであると思わせるような体裁をもっている。しかし、多少とも注意深く読めば、『探究II』が小林的批評作品であることは明白である。

私は十代に哲学的な書物を読みはじめたころから、いつもそこに「この私」が抜けていると感じてきた。哲学的言説においては、きまって「私」一般を論じている。それを主観といっても実存といっても人間存在といっても同じことだ。それらは万人にあてはまるものにすぎない。「この私」はそこから抜けおちている。

哲学的ディスクール全般から「この私」が抜け落ちている事に、違和感を抱く感受性は思想家のものではなく、間違いなく批評家のものである。自らの思惟を、「万人」に該当する普遍的な真理と思い込む哲学や思想を、「他の誰でもない」「ありふれた何の特性もないものであってもなお単独的な」存在である「この私」によって批判することは、批評の常套手段であるから。小林秀雄は、『批評について』で書いている。

映畫などを漠然と見物してゐる時、つまらない樹の佇ひだとか、ほんの人間の表情だとかが、過去の經驗と結びついて、驚く程深い感動を受ける事がある。さういふ時自分が今こんな具合な氣持ちで畫面を眺めてゐる事は誰も知らぬと思ふ。途端にこの薄暗い小屋に詰つた幾百の頭が、それぞれ他人にはわからぬ自身の過去の祕密を聯想して深く感動してゐるに相違ないといふ氣がして來る、さういふ時私は鑑賞の世界の無氣味さがまざまざと目に浮ぶ、奇怪な想ひでゐたゝまれない氣持ちになる。

ここで小林は、「自分」の「過去の經驗」に由来する「驚く程深い感動」が、けして他人と共有も出来ないし通約不可能な物であり、同時に「幾百の頭が、それぞれ他人にはわからぬ自身の過去の祕密を聯想して深く感動してゐる」事に思いを致している。批評とは、それぞれが「この私」であり、それぞれの「感動」を抱いている人間の世界の「無氣味」さに対面しつづける事に他ならない。

小林はまた、「世の辯證家の萬人を教へんとする『高遠な辯證法』が空虛なレトリックにすぎない事を看破し、「『方法敍說』で說く『理性を正しく導く方法』の理性といふ言葉に、敢へて『自分の』といふ言葉を冠し、各人の理性を正しく導くための方法を教へよう」（「デカルト讃」）とはしなかったデカルトに、批評家の相貌を見いだした。

小林に倣って柄谷氏も、『探究Ⅰ』『探究Ⅱ』の双方で、「オランダに亡命」して「諸共同体の〝間〟、すなわち**交通**（コミュニケーション）の場所」に立ち、「自分にとって妥当することが万人に妥当するということを前提することができない」事を認めて「文字通り**私**的であり、**単独者**的」な哲学者とデカルトを見做している。

ただ「万人」に還元出来ない、自分の「信ずること」を梃子とする試みにおいて、柄谷氏の発想が独創的であるのは、「自分がいかにありふれているかを知っている」ような「この私」を、直接に、「普遍性」へ結びつけた事にある。氏が「単独性」と呼ぶ、個性や特徴とかかわりなく、取り替えのきかない存在としての「この私」の「この」性について、『探究Ⅱ』で記している。

「この」は、一般性ではないが、個物でもない。いいかえれば、「この」は、個体性―一般性という円環の外部において、すなわち単独性―普遍性という円環にかかわるのである。ハイデッガーは、デカルト以後、世界は主観にもとづく表象となったという。しかし、デカルト＝スピノザによって出現したのは、この世界であり、この私である。そして、それのみが表象としての世界を批判しうるのだ。

『探究II』において柄谷氏は、「この私」を普遍性に結びつける事で、真理を標榜する哲学的、学問的思考ではなく、個人的で日常の生活に発する思考の方が普遍的であるとする、文学的かつ魅力的な教説を唱えた。柄谷氏は、何の変哲もない、しかし自らにとってはかけがえのない「この私」の価値を最高度に認め、このような個人的思惟への支持によって八〇年代後半から現在までに広範な人気を博した。

二

柄谷氏の批評には、「なぜ」という問いが欠けている。

といっても、この欠如をそのまま直接、柄谷氏への批判に結びつける事はできない。加藤典洋氏や竹田青嗣氏のように、柄谷氏が、けして「なぜそうであったかを『問う』こと」をしないために、「柄谷の議論には、その実践的契機が欠けている」(「『外部』幻想のこと」)と批判するのは、余りにもナイーブだ。

というのも、「なぜ」、あるいは「何」と問う事を自ら禁じる事から、柄谷氏の批評は出発しているからである。

柄谷氏は、竹田氏が「その中を生きることでひとが自分の生の不全さを支え、その生の理由を支えるに足るもの」だと信じるような「新しい問題」(「夢の外部」)を提出したり、加藤氏が「『批評』とは、(中略)『言う』ことというよりは、『行う』こと」であると簡潔に答えたりする応答が不可能な場所においてのみ、批評が存在しうると見做してきた。「なぜ」と簡単に問わないのは、現実なり世界なりを高所から解釈し、意義を唱えたり、人生を嚮導したりする「問い」も「答」も、「萬人を教へんとする『高遠な辯證法』」に、「万人」の「知」にすぎないからである。批評は、直接に何と問い糺す事の出来ない「奇怪な想ひでゐたゝまれない氣持ち」の中にこそある。

極めて単純に言うならば、「なぜ」と素朴な問いを発する通念としての哲学が、いわば問いの第一次元にあるとするならば、柄谷氏にとって批評とはこの問いと解答をめぐるシステムやパターンを分析する、二次的な問いでなければならない。

既に「意識と自然」で『道草』を論じるに際して、柄谷氏は「だが、健三の『苦々しさ』は細君の論理に屈服するところにのみあるのではない。健三にとって島田の問題は片づいたとしても帽子を被らない男の問題は片づかない」と指摘している。

柄谷氏は最初期の批評文を、来歴や動機を把握しうる「島田」と、「なぜ」という問いに還元しえない無気味な「帽子を被らない男」を弁別する事によって始めた。此処に既に、二つの事象を並置し、この差異に批評性を見いだすスタイルと、批評の対象の選択にかかわる、柄谷氏の本質が現れている。さらに漱石について、柄谷氏は『マルクスその可能性の中心』で書いている。

漱石は、「私はどこからきたか」という問いに答えていない。なぜなら、解答は制度が与えるのに、彼はまさにそれを拒むところから問うているからだ。イヌは犬だからイヌなのだ。君は日本人だから日本人なのだ。このような解答は、神に理由を求める思考と同じように、逆立ちしている。（「文学について」）

「解答は制度が与えるのに、彼はまさにそれを拒むところから問う」という文章は、批評家としての自覚を示す文であろう。その後柄谷氏は、「他者」を導入して「転回」しようと、「外部」に出掛けようと、「解答」を与える「万人」たちの「制度」を解体するという基本的な批評文に於ける脱構築的手法と問題意識は一貫している。

柄谷氏は「なぜ」と問わない。それゆえに世界は、『探究II』で示された、スピノザ＝マルクス的な「歴史（出来事）」にそれをこえるような理念、目的、物語はありえず」「たんにこの自然史のなかに属し、かつそこから生み出される表象でしかない」ような、ただ存在し変化するだけの世界とならざるをえないのである。

柄谷氏は、超越的な意味の、そして意味や目的、理念を問いかけたり、解答したりすることの不能を証しだてつつ、なおこの世界への宥和を拒み、違和感を保持しつづける。

このような違和を、柄谷氏は「外部的」と、あるいは「超越論的」といったタームで説明している。

《超越論的》ということは、この意味で、外部的であることだが、しかし、それは実際に共同体の外にあったりそれを超越していることを意味するのではない。共同体を超越して世界一般について考えることが、まさに共同体の内部に在ることなのだ。

（『探究Ⅱ』）

つまり柄谷氏は、「この世界」や「共同体」に超越的な立場から意味を与えて、「なぜ」と問う事は出来ないとしながら、同時に「この世界」や「共同体」への深い反発と疑義を抱いている。この世界に違和感をもちつつ、「なぜ」と問う事は出来ないと認識している事が、「超越論的」であり「外部」にいるという事なのだと言う。（同上）

「ヒュームは悟性を制限しただけであって、それに限界を付さなかった」と、カントはいっている。超越論的とは、たんに理性の不十分さを言うのではなく、その限界を「画定」することである。こうした移動が、カントを従来のプロブレマティクから区別するものである。

（「探究Ⅲ」第二回）

同じことが経験論と合理論の対立にかんしてもいえる。イギリスの経験論は、感覚から出発して一切の形而上学を否定する。それが大陸の合理論と対立したのである。ここでも、カントは、それらの対立から逸脱している。超越論的とは、いわば、この対立に対して第三の案を示すことではなくて、対立を派生させている条件を明らかにすることである。（同上）

言葉の上で紛らわしいが、超越論的とは、超越を超越として確保することであり、それを理論的に接近可能であるかのようにみなす超越的態度を批判することでもある。しかも、この「批判」はいわゆる批判ではなく、「対象を認識する仕方」を問い、その条件を吟味することであり、「理性の限界」を画定することである。（同上）

こういう文が「紛らわしし」く難解であるのは、「超越論的」という言葉の理解に関わるものではなく、この世界から超越したり脱出したりすることが不可能であるという認識においてこの世界の外部にありうるという、逆説の、手品めいた手際が余りに水際立っているからだ。

柄谷氏によれば、「外部」とは、具体的な場所や、争いの現場を逃れた客観的な立場ではない。その渦中にあり、そこから逃れられないという認識自体であり、その認識に含まれる違和なのである。

夢のなかで夢をみていることを自覚しても、なおひとが夢をみていることに変りはない。デカルトは、ひとが完全にめざめる（夢の外部に出る）ことができるなどとは考えない。つまり、彼は超越的な立場を斥ける。

超越論的とは、上方や下方に向かうことではない。それはいわば横に出ることだ。むろん、どんないい方をしようと、デカルトの「方法的懐疑」が、もはやどんな立場でもありえない立場、《外部性》としての立場においてのみ可能であるということが肝心なのである。くりかえしていうが、それが一つの立場として定立されてしまえばおしまいである。

（『探究II』）

「外部」の取り扱いにおいても、柄谷氏の読者サーヴィスは際立っている。氏の「外部」という概念は、氏が超越性を批判し、定まった立場を論難することが、読者にけして「定立」されない場にいる自分への安心を与えるように作られている。正義や教養を押し立てる思想と異なって、氏の「超越論的批評」は、思想の興亡を超越した不敗の批評であり、「外部」とは不落の砦なのだ。

> 超越論的な批判は、現実の「死の恐怖」を超越することではない。しかし、現実的にまったく無力ということでもない。実は、デカルトやスピノザが考えたのは、この問題だった。スピノザは、われわれは情念（死の恐怖）を意志によって操作できない、だが、その「原因」を知ろうとすることはできるし、少くともその間は情念からは自由であると考える。彼は「自由意志」を批判する。しかし、それは、自由や意志を否定することではない。実際は諸原因に規定されているのに〝自由〟だと思いこんでいる状態に対して、超越論的であろうとする意志（＝知性）に、スピノザは自由を見出すのである。
>
> （同上）

「この現実」から逃れる事は出来ないという認識は、絶望的に憂鬱なものだが柄谷氏は超越がありえはしないという超越論的認識そのものに、「外部」という甘美な可能性を与えている。異議申し立てや世界の克服を求める正しい精神に、希望を与える。しかもこの希望は柄谷氏の鋭い筆致が抉り出した絶望（夢や世界から外に出る事は出来ない）に支えられた、破られる事のない希望なのだ。

勿論不敗性は、逆説的論理の仕掛けだけによって維持されている訳ではない。柄谷氏は、注意深く批評や思想に興亡をもたらす局面を回避している。

「教える—学ぶ」という関係を、権力関係と混同してはならない。実際、われわれが命令するためには、そのことが教えられていなければならない。われわれは赤ん坊に対して支配者であるよりも、その奴隷である。つまり、「教える」立場は、ふつうそう考えられているのとは逆に、けっして優位にあるのではない。むしろ、それは逆に、「学ぶ」側の合意を必要とし、その恣意に従属せざるをえない弱い立場だというべきである。

(『探究I』)

柄谷氏は、ウィトゲンシュタインに倣って「外国人や子供に教える」事態を検討するに際して、両者の関係の間には「権力」が無いという。権力は、「他者とのコミュニケーション」を考察する上で、「共通の規則ももたない」者同士の対話が成立しうるかという問題を、抽象的に考えるに際しては、余計な要素に過ぎない。

「権力」を消去した事は、柄谷氏の「意味」や「コミュニケーション」に拘わる議論の本質を形作っている。例えばここで述べられる「われわれは赤ん坊に対して支配者であるよりも、その奴隷である」という断定は、いかにも柄谷的に抽象的である。それはけして単純な転倒ではない。「教える」側を弱い立場と見做す時に、同時に「権力関係」が消去されている事に留意すべきである。ウィトゲンシュタイン的なコミュニケーションの分析は、親の子供に対する「権力関係」という、最も一般的で具体的な力の行使を切り捨てる事によって、抽象的な議論の地平を作りだした。確かにわれわれは、赤ん坊の一つ一つの要求に右往左往し、その欲求を満たそうと努め、彼の発している信号を読み取ろうとし、ご機嫌を伺い、言語を教えようとする。その点からすればまさしくわれわれは「奴隷」である。しかしまた「教える立場」としてのわれわれは、赤ん坊の生殺与奪の権力を握っている。誉めたり、褒美を与えたりする事から始まって、体罰に至るまでの、様々な「権力」を使って赤ん坊に規則を教え、われわれの秩序に従わせようとする。

「権力関係」が柄谷氏の批評文において問われないのは、批評の不敗性を守るために他ならない。そしてこの不敗性は、批評自体の強靭さによってでなく、読者の眼前において展開されるが如き臨場感と表裏一体になっている。文の抽象性は、一方において「権力関係」といった思想の興亡に係わる地平から逃れるのと同時に、読者に思考を開示し追体験させるために必要な道具立てであるからだ。

抽象性の二重の機能は、『探究II』のメイン・モティーフの一つである「この私」、「固有名」において非常に象徴的にあらわれている。

たとえば、パスカルは、「なぜ私はここにいて、あそこにいないのか」といった。たぶんパスカルが強調したかったのは、現実的なものの偶然性である。しかし、現実性はもともとそのような偶然性と切り離しえないのだ。「ここにいる」という現実性は、あそこ（ここより他の場所）にいるかもしれないという可能性のなかではじめて在る。

固有名は「他ならぬこれ」を指示する。「他ならぬ」は、たんに「他でない」だけでなく、「他であったかもしれないが現実にこうである」という意味である。そうだとすれば、固有名について語るためには可能性・現実性・偶然性・必然性といった様態(modality)を考慮しないわけにはいかない。

ここで柄谷氏が見ている「ここにいる」私の背後の「他であったかもしれない」可能性は、小林秀雄の『様々なる意匠』の中で「宿命」を論じた高名な一節に符合している。

人は様々な可能性を抱いてこの世に生れて來る。彼は科學者にもなれたらう、軍人にもなれたらう、小說家にもなれたらう、然し彼は彼以外のものにはなれなかつた。これは驚く可き事實である。

だが小林秀雄と柄谷氏は、「可能性」の存在を認める事においては同一でありながら、評価において全く違う。柄谷氏は眼前にある現実の外部としての「可能性」を含んだ「この私」を見るのに対して、小林は、無残に「可能性」を削ぎ落としていく、「辯證法的に統一された事實」の宿命に注目している。

柄谷氏は宿命が作り出した結果を超えて、なお「あったかもしれない」可能性を求め、小林は結果を「驚く可き事實」として冷厳に見つめる。柄谷氏は、小林と同様に「この私」の可能性・偶然性を見ながら、「事實」と「事實」を生み出した力を直視せず、なお失われた可能性に思いを致し、懐かしんでいる。

あるテクストが不透明な意味をはらみつづけるのは、その構造によってではなく、それがそのようなかたちをとったという〝出来事〟の偶然性によってである。だが、皮肉なことに、小林秀雄の作品はいつも必然的・永遠的なものをめざしている。いつ見ても反対のできないような言葉でできあがっている。それは奔放大胆にみえるが、実は小心翼々なのだ。己れをすてているかにみえてすてていない。そして、永遠的であろうとするそのことによって、彼の作品はテクストたりえないのである。小林秀雄は偶然性を恐怖しているのだ。

（「交通について」）

確かに柄谷氏が指摘するように「彼以外のものにはなれなかつた」のは「必然的・永遠的」なものではなく、「偶然」に違いない。だがまた柄谷氏は、その「偶然」を齎した、脈絡も方向性もない、にもかかわらず不可逆である力に目を閉ざしている。柄谷氏はけして小林のように「偶然」の力に「驚く」ことはない。なぜならば、この「力」はまさしく抽象化出来ないものであり、考える事が出来ないものであるからだ。柄谷氏は、「偶然」と「必然」を並置してその差異を検討する事で、「力」を直面する事を避けている。小林は、「力」の不気味さに驚き、思考を活動させえないまま佇む事を、つまり考えられないものの前にある事を、常に選んできた。

偶然的な力に驚くのではなく、抽象的な概念を見るという柄谷氏の批評の性格が、その徹底性も含めて最も鮮明に現れているのが、『マルクスその可能性の中心』以来柄谷批評の一方の中心となってきた商品の価値についての議論である。

マルクスがいったように、商品はもし売れなければ（交換されなければ）価値ではないし、したがって使用価値ですらもない。そして、商品が売れるかどうかは、「命がけの飛躍」である。商品の価値は、前もって内在するのではなく、交換された結果として与えられる。前もって内在する価値が交換によって実現されるのではまったくない。

（『探究Ⅰ』）

確かに柄谷氏が、再三指摘してきたように、交換に先行する価値などない。「命がけの飛躍」としての交換において、はじめて商品の価値は生まれ、決定される。勿論実際には、交換がすべての価値の根源ではない。価値の発生は、交換の形態を検討することによって究明しうるものではない。

なぜならば、交換は、ただ自動的に二つの共同体の間で、あるいは共同体の内部で生まれるのではないし、買う者と売る者の双方に、交換へと差し向ける、交換を強いる諸々の力が働いており、その力こそが、交換の性格を決定し、交換によって生まれる価値を決定している。

確かに柄谷氏も、買い手と売り手が「非対称」的であることを指摘している。「マルクスは、この交換関係を**価値形態**として論じている。すなわち、相対的価値形態と等置形態という関係の非対称性として。卑俗にいいかえれば、それは売る立場と買う立場の非対称性にほかならない。この非対称性は、けっして揚棄されない。それは結局、貨幣（所有者）と商品（所有者）の関係、あるいは資本と賃労働の関係の非対称性に変形されるだけである」

だがこの非対称性は、交換を強いる力——それは勿論双方に同一の原因から発した力が働いている事もあれば、売り手と買い手がそれぞれまったくことなった力に強いられて、それぞれ交換の場へと促され出会った場合もあるが——によって生み出されたものである。

柄谷氏が指摘している、交換の場に現れる誘惑や勧誘といった行為も、このような力から派生したものであることは言うまでもない。

柄谷行人氏は、価値や意味の問いを交換まで遡行し、そこで停止する事で論理の一貫性と何よりも批評文の抽象性を確保している。そのために柄谷氏の価値論は、抽象的な物である事を選んだだけでなく、近代における交換のあり方、いわば「交通」と「価値」を直接的に扱う事を諦めた。

近代世界における交換は、大航海時代以来の、圧倒的で凶暴な「交通」の力を抜きにして考えることは出来ない。L・F・セリーヌは、『夜の果ての旅』で主人公がアフリカ植民地の出張所で垣間見た、現地人からの生ゴム買い上げの実態を書いている。一家総出で、二月もかかって集めたゴムを、彼らが見たこともない秤に載せられて、勘定書を示され、何枚かの銀貨に替えられてしまう。

性器のまわりを小さな橙色のパンツでつつんだ黒人は、勘定台の前にとほうにくれて突っ立っていた。

「おまえ、金の使い方知らんか？　蛮人さん、どう？」こんな高飛車な取引きに慣れている十分訓練された抜け目ない雇員の一人が土人の目をさまさせるために声をかけた——「フランス語しゃべれんか、ええ？　まだゴリラ語しゃべる？……何語しゃべる、ええ！　クスクス語？　マビリヤ語？　どうせそんなとこね、バカヤロ！　野蛮人《ブッシュマン》！

オーバカヤロ!」

だがそいつは、その蛮人は、金をにぎりしめたまま僕たちの前に立ちつくしていた。逃げようと思えば逃げられた、がその勇気もないのだ。

「その金銭《ぜに》を何に使うつもりだ?」《引っ掻き屋》がうまく割り込んだ。「まったく長いことこんな間抜けな野郎は見たことがないよ。よっぽど遠くから来やがったにちがいない、こいつは! 何がほしいんだ? 金をよこせ!」

土人から有無を言わさず金を奪い返した、そして貨幣の代わりに、ずる賢く、勘定台の引き出しに歩み寄るとはでな緑色の大きなハンカチを一枚とり出し、土人の手のくぼに皺くちゃに押し込んだ。

(生田耕作訳)

これが、近代における交換の典型的な形態である。アステカ王国に対するスペイン征服者たちの、略奪という大規模な交換、あるいはインディアンとオランダ人植民者の間での、マンハッタン島とガラス玉の交換といった取引を手初めに、今日に至るまでわれわれは、世界交通の圧倒的な力のもとで、交換をつづけている。

だが柄谷氏は力を、交換を強い、人を文芸や思想に向かわせ、引き剝がす力を回避している。

転向の基準がマルクス主義の放棄にあるとしたら、中野においてそれは意味をなさなかった。なぜなら、彼にとってマルクス主義は宗教でも意味でもなかったからだ。あるいは、理論体系ではなかったからだ。だから、それを信念や方法として保持することもニヒリズムに行きつくこともありえない。(中略)福本主義にはじまる昭和初期のマルクス主義とは、結局青年ヘーゲル派の運動でしかない。それは「世界の解釈」を変えれば、世界が変わるかのごとき運動である。自分がそう考えていることと自分が現にやっていることとの違いが見えないのだ。

このような運動が崩壊するとしても、それはべつにマルクス主義の崩壊ではない。ここで転向したとしても、それは非難さるべき転向ではない。実は、マルクスもこの時期に青年ヘーゲル派から転向したのである。

(「中野重治と転向」)

この文が、コミンテルンとの関係や、倫理的検討といった要素が齎し、積み上げてきたじめじめした空気を、「思想」によって大胆に断ち切った「転向」論である事は否定出来ない。しかしまた此処で柄谷氏は総てを消毒し、抽象化してしまっている。『村の家』やその他の「転向小説」における、中野重治の微妙にして不分明な拘泥を「差異論」に還元している。思想内容が無意味ならば裏切りにも意味はないという直截な断定からは、中野重治の「——おれもヘラスの鶯として死ねる——彼はうれし泪が出てきた」といった文章に込められた、様々な感情と思想の、そしてその外側にある政治や暴力のせめぎあいの一切が省かれている。柄谷氏の思考からは、日本共産党も、特別高等警察も抜け落ちている。ただ一つ確かな事は、中野重治はけしてこのような抽象的な「外部」からは、小説を書いていない、という事だ。

三

繰り返し指摘したように、柄谷氏の批評文において独創的なのは、読者に思考そのものを体験させるように工夫された文章のスタイルにあり、内容や主題ではない。テーマも結論も、多くの場合極めて月並みである。

実際、例えば柄谷氏が『探究II』で展開した世界宗教論や超越論的批評は、既に遠藤周作氏が『沈黙』等の作品で十分に検討し尽くしている。

『沈黙』は、大航海時代における宗教の「交通」をテーマにした小説である。ポルトガルのイエズス会の司祭ロドリゴは、キリシタン圧政下の日本に潜伏布教を企てて、リスボンを船出してマカオに至り、日本への密航を成功させる。奇跡的に信徒たちとの接触に成功したロドリゴは、洗礼を施し、秘蹟を与える司祭としての仕事に従事するが、ほどなく幕府の奉行に捕らわれ、信徒の迫害に立ち会わされる。

この過程を通じて司祭は、再三「神の沈黙」について自問し、また神に問いかける。「主はなんのために、これらみじめな百姓たちに、この日本人たちに迫害や拷問という試煉をお与えになるのか。」「迫害が起って今日まで二十年、この日本の黒い土地に多くの信徒の呻きがみち、司祭の赤い血が流れ、教会の塔が崩れていくのに、神は自分にささげられた余りにもむごい犠牲を前にして、なお黙っていられる。」「主よ、あなたは今こそ沈黙を破るべきだ。もう黙っていてはいけぬ。あなたが正であり、善きものであり、愛の存在であることを証明し、あなたが厳としていることを、この地上と人間たちに明示するためにも何かを言わねばいけない。」しかし神は沈黙を守ったままであり、信徒たちを救済する如何なる奇跡も起きはしない。

「沈黙」に直面したロドリゴは残忍な拷問にかけられる信徒を前に「今まで誰もしなかった最も大きな愛の行為」として「自分の生涯の中で最も美しいと思ってきたもの、最も聖《きよ》らかと信じたもの、最も人間の理想と夢にみたされたもの」を「踏む」。その時司祭は、「踏むがいい。私はお前たちに踏まれるため、この世に生れ、お前たちの痛さを分つため十字架を背負った」と言う「細い腕をひろげ、茨の冠をかぶった基督のみにくい顔」を見る。

つまり司祭はポルトガルの、キリスト教共同体において抱いていた「五つの町におそいかかる炎より正しき人を救いたもう」神という超越性を、布教という「交通」の過程において否定し、キリシタンを排除する日本の「外部」に、迫害される者とともに「一緒にくるしむ」超越論的基督を、見出したのである。

「はらいそ」ではなく現在の「愛」を語り、「威厳と誇りとをもった」神でなく弱々しく無力な基督を見いだす『沈黙』は、柄谷氏の提唱する宗教批判（超越的な神を抱く宗教への批判）としての「世界宗教」や『探究I』でのキリスト論と符合する。遠藤周作氏がキリスト教という西欧伝来の事象について批評的な作品を書いているとしたら、柄谷氏はマルクスやカントといった西欧哲学を題材にした批評を展開しており、またその基本的な認識が超越性（遠藤氏における家父長的絶対神、柄谷氏における意味、価値、ヘーゲル的歴史、共同体）に対する批判にあるとすれば、その結論が同様の超越論的（遠藤氏における基督、柄谷氏における外部）批判に達するのは当然であろう。その点からすれば近年柄谷氏が「ヒューモア」などと言いだしたのは、順調な「狐狸庵」化であると考えてもおかしくない。

ここで私は、小島信夫氏の『アメリカン・スクール』を引く事も、安岡章太郎氏の『遁走』を引く事も出来ただろう。『沈黙』を参照したのは、「交通」という事象が分かり易く現れているからにすぎず、第三の新人ならば大抵誰でも当て嵌める事が出来るだろう。勿論柄谷批評の展開は、遠藤氏の模倣によるものではない。どちらかと言えば日本の伝統的な批評のあり方が必然的にもたらした結果であると考えるべきだろう。少なくとも、大航海時代以降をとっても日本の批評意識は、朱子学の超越性を批判した伊藤仁斎、荻生徂徠

に端的に示されているように、思想の伝播＝交通に伴う超越性の批判として展開されてき
た。徂徠が、「天」を「物自体」として扱い、儒者は超越的に「天」を認識する聖人とし
てでなく、「シカケモノ」としての「刑政礼楽」を司る地上の政治家として振る舞う事を
提議した時、それは間違いなく「大文字の主体を否定しながら、なお差異としての主体た
らんとする」（『探究Ⅲ』）決意であった。
だが柄谷氏はこの点について、極めて無自覚である。「世界宗教論」以外にも、「この私」と「社会」について論じた『探究Ⅱ』は、「社會化された私」を唱えた小林秀雄の『私小説論』の浩瀚な注釈、またはヴァリエーションとして把えるべき仕事だと思われるが、その点を氏が意識しているとは思われない。柄谷氏は、「私は哲学的言説においては『この私』が抜けていると感じてきたとのべた。それにつけくわえていえば、私は文学にはそれがありうるという錯覚を長くいだいてきた」が、それは誤りであった、「たとえば、われわれはある小説を読んで、まさに『自分のことが書かれている』かのように共感する。このような自分＝私は、『この私』ではない。なぜならば「だれも『この私』を、あるいは『この物』を書くことはできない。書こうとすれば、それはただ特殊性を積み重ねるだけである。『この私』についてどんなに説明しても、それは一般的なものの特殊化（限定）でしかない。私は何才で、どんな職業をもち、どんな容貌をし、どんなことを考えているか」を書くにすぎない、と記している。

だが柄谷氏の指摘に唯一該当しない、文学ジャンルが、私小説である。私小説が「この私」を書く文芸ジャンルであるというのは、けして私小説が、「私は何才で、どんな職業をもち、どんな容貌をし、どんなことを考えているか」について真実を、誠実に書くと称しているからではない。記述の内容が虚偽であろうと荒唐無稽だろうと、私小説のディスクールは明示的に著者＝「この私」という図式を担うことでなりたつ構造を持っている。『探究II』の「単独者」とは詰まる処『私小説論』の「社會化された私」にすぎないし、さらに言えば柄谷氏の論じる「この私」や「この」性への興味自体が、単独的な機会、人、物の出会いや錯綜を扱う和歌や一期一会といった日本の文芸や芸能の基本的な認識の延長にある。

だが柄谷氏はその事を全く意識せず、例えば「私小説」については「この時期以後、私は、かねてから感じてきた疑問、すなわち、たとえば、私小説のようなプレモダンなものが、にもかかわらずポストモダンに見えてしまうのはなぜかといった疑問を、本格的に考えなければならないと思うようになった。それは、近代社会に前近代的な要素がつきまとう『二重構造』といったものとは、異質である。また、それは、高度な資本主義が、前近代的なものを保存し且つ再活用するということでもない。そうした二重構造は、大概の後進国に存する。日本も例外ではない。しかし、その前近代性がそのままポストモダンになってしまうような『前近代的なもの』とは、何なのか。それを、ひとしなみに『前近代』

と呼んでいいのだろうか。」(「日本精神分析」第一回) と言うように、自身の「この私」への拘泥を意識せず、「近代」「前近代」という——本来ならばこうしたヘーゲル的かつ年表的歴史区分から考えるのは「交通」としての歴史という観点からすれば不要のはずだが——概念の並置として捕らえてしまっている。自身の小林的かつ日本的「批評」手法についても、

大切なのは、伊藤仁斎以来の注釈学が、朱子学(哲学)への批判を、言語において見ようとしたことである。朱子学は、すでに中国で消化された仏教哲学をはらんでいた。いいかえれば、彼らの注釈学は、サンスクリット・中国語と日本語の差異、しかも、歴史的に形成された漢字仮名混じりの文において消去されてしまった差異を、遡行的に考えるものであった。「日本の哲学」というべきものがあるとすれば、それは哲学批判としてしかなかった。だが、それ以外に哲学があるだろうか。「西洋の哲学」とか「東洋の哲学」というようなものは、哲学の名に値しない。それらは、文法であり慣習であるにすぎない。(「日本精神分析」第五回)

と自身の「批評」を哲学として認識する「私にいえることが万人に妥当するかのようにみなす」姿勢を崩していない。実際現在迄三部に亘って連載され、「反復」しつつ各段毎

に矛盾しあるいは錯綜しながら「理論の問題ではなく生きることの問題」を問いつづける柄谷氏の主著『探究』の、成り行きに従い、中断し前後する自然発生的成り立ち自体が、谷崎的「建築への意志」から遥かにかけはなれた、きわめて日本的な、「書き手がテクストを統轄する『制作者』であることを否定する」「自然=生成的」作品ではないか。

その上柄谷氏は、自論の中での矛盾について、天真爛漫である。『探究I』結末での「イロニー」の取り扱いと、その後の反転、ソクラテスの対話に関する評価、あるいは西田幾多郎やカントの評価の逆転といった、近年だけでも枚挙に暇がない齟齬について、カントの在住していたケーニヒスベルグが、デカルトのアムステルダムと同じく「都市」だったとするような強弁による整合の試みが一部にはあるにしても、殆ど帳尻を合わせようとはしていない。

柄谷氏が自身の作品や批評に対する自意識を欠いているのは、柄谷氏の批評が、常に今書き出されたばかりのように読者に呈示されなければならないためである。読者に「体験」を提供するために細心の注意を払って構成された批評文に、「認識」は必要ない。「認識」がないゆえに「自己認識」もなく、また抽象化出来ない光景や表情を記述する「描写」も存在しない。

文が、抽象の道を選んだために、イマージュを描く事が出来ないためである。柄谷氏はいかなる「像」も描かないがために、自らの顔も姿も描かず、それ故に何が自己であるのかを識ろうとしない。

確かに柄谷氏はレヴィナスにこと寄せて、「顔」のもつ単独性と、その倫理的力について語っている。「レヴィナスは、『顔』を見るかぎり、他人を殺すことはできないという。おそらく、彼は、フッサールへの内在的批判を通して、他者をたんに個体性としてではなく、単独性として見いだしたのである。したがって、彼が『顔』によって意味しているのは、個体の単独性だといってよい」(『探究II』)。

だが柄谷氏の文章には、いかなる「顔」もない。「顔」という概念は現れるが、人の、目鼻立ちや表情をもった顔は何処にもないのである。

あるいは、柄谷氏は、ブッダや孔子について語り、彼らが「独我論をイロニカルに否定する」事によって「ひとを《他者》に向かい合わせようとした」(『探究I』)と言う。だが柄谷氏の批評文には、いかなる《他者》の姿も見えない。

「何度もいうように、この《他者》は誰であってもよい、もしそれがわれわれの『世界』の限界を画定するのであれば」。柄谷氏にとっての「他者」は、機能に還元される「誰であってもよい」、特定の顔を持たない概念にすぎない。

『沈黙』において遠藤氏は、棄教者にして密告者であり「犬のように哀れみを乞」いながら基督から離れないキチジローを、司祭が秘蹟を与える「他者」としての姿を、その「弱虫の卑怯さ」を十全に描いている。

遠藤氏の作品に、「他者」の姿が現れて、柄谷氏の文に見る事が出来ないのは、小説と批評というジャンルの違いのためではない。柄谷氏が、断固として抽象的であることを選び、固執しているがために、柄谷氏は人の姿や表情を持つ事が出来ない。自己像を描けないのである。

批評文が、イマージュを持てないという事はない。特に柄谷氏のように、理論的にはこの世界から、あるいは交通から、端的に超越することは出来ないという認識に達した場合には、ヴィジョンを作りだす場合が多い。神なき世界、超越した意味も正義もない世界に閉じ込められている、迫り来る交通の暴力から逃れる術がないと、「超越論的」に理解した時、批評は痛ましい光暈を描く。「王権の年老いた野蛮」と「共産主義の荒々しい野蛮」に挟まれて逃れる道がないことを深く認識したゲルツェンが、「現在」の限りない豊かさを歌いあげたように。「君は『人間は死ぬためにだけ生まれてきた』ことを思いだすたびに涙を流す、ひどく感じやすい人々のようだ。(中略) 鮮やかに咲く大輪の花は植物にとって何の役に立つだろうか。消え去ってしまうだけの、あのうっとりするような匂いは何の役に立つのだろうか。(中略) このみじめで散文的な原理を、われわれは歴史の世界にも妥当させることを望む。生は空想や観念を実現する義務を負わない」(『向う岸から』)

小林秀雄は、支那事変から大東亜戦争へと進む日本の「交通」の拡大と昂進のただ中で、「事変について」等の時評文を通過した後、『無常といふ事』に結晶するような批評へと転回した。冒頭の引用で示したように、柄谷氏は戦時下における小林の仕事を「異様に美しくとぎすまされていった言葉」と評して、批評文としては認めない。

だが昭和十年代位までの、柄谷氏が私淑する論理の勝った批評文ではなく、戦中戦後の「異様に美し」い文章こそが戦争という「交通」のただ中で書かれている。自分が他者に振るい、他者から自分が蒙る暴虐から逃れる事は出来ない、超越することは出来ないと認識した目には、「中將姫のあでやかな姿」が「歴史の泥中から咲き出でた花の樣」(『當麻』)に見え、「記憶するだけではいけないのだらう。思ひ出さなくてはいけないのだらう」(『無常といふ事』)と述懐するようなヴィジョンが映った。

柄谷氏は、小林が「戦時中文学者としてでなく『一兵卒として闘う』と書いた」事に就いて「どんな宣伝的な言論よりも強力にアジっ」ている「最も性悪なイデオローグ」を見出している。

柄谷氏は小林が筆を棄てると述べた事を、「自らは言論ではないかのように語る言論のイデオロギー的機能」において糾弾したのだ。

だが実際には、小林は「強力にアジっ」たのではなく、単純に自らの抱負を述べたに過ぎない。「他のうさんくさいイデオローグを拒否しながら、小林秀雄だけを信頼して戦場へ出ていった青年が数多く」いたのは、単純に小林が「一兵卒として闘う」だろうと「信頼」したからではないか。小林は、この「交通」から超越する事も救済もありえぬという認識において、柄谷氏の言うように「彼を兵卒にしなければならない軍隊では戦争は負けるにきまっている」といった判断と関係なく、「闘う」つもりであったろうし、小林への批判があり得るとすれば、彼が、保田與重郎のように召集を受ける事がなく、戦争中、大東亜文学者会議のような「文士」としての仕事に奔走していた事をどう評価するかではないか。

柄谷氏が、小林の単純な抱負を、「イデオロギー的機能」において深読みせざるを得ないのは、この決意に現れた小林の相貌を見まいとしているからだ。それは勿論、柄谷氏が自分の顔を持たない事の裏返しである。その自意識のなさは、小林を糾弾する姿勢そのものに通じている。

柄谷氏が再三論じたように「交通」に目的や理念がないのならば、大規模な交通である「戦争」に善も悪もないはずだ。われわれは否応なく、交通の中にいるのであって、その渦中から「超越」する事は出来ないはずであり、「性悪」も「性善」も、交通に関してありうる訳はない。

だが柄谷氏は、交通や歴史を「超越」したつもりで裁きを下し、価値を決定する正義家と同じ様な口調で、小林秀雄の「交通」参加への「アジテーション」を非難している。もしも柄谷氏が「戦争加担」の廉で小林を裁くならば、柄谷氏は「交通」を超越して善悪を裁く価値や基準を、読者に明示する責任があるだろう。

しかしこの点についても、柄谷氏は極めて無自覚であるように思われる。柄谷氏は敢えて戦争を無条件に悪とし、大東亜戦争を侵略戦争とする通念に、抗う事を慎重に避けている。この回避は、不敗の逃げ場としての「外部」の性格や単独者のもつ普遍性といった耳触りのいい論理の提出と同様の意図を担っている。

実際柄谷氏は、アプリオリに戦争を犯罪と考え、ナチズムを悪の権化とする戦後的価値観に極めて忠実なだけでなく、奉仕すら試みている。戦後的通念を、世界史的交通の力から守るためにこそ、柄谷氏は読者に自らの「思考」を体験させていると受けとられても仕方あるまい。抽象的な領域に思考を止める事で、読者は通念を崩す「交通」と直面しないですむ。近年の制度や政治等をめぐる時事的発言は、論理の展開はアクロバティックであるのに結論は、月並みな守旧的主張にすぎない。

柄谷氏の批評文の、最大の問題は――またそのためにこそ氏は多種多様な努力を重ねてきたのだが――読者から思考の機会を奪う事にある。読者は氏の「思考マシーン」に乗り込むや否や、ジェットコースターの乗客のようにスリリングな体験に身を預ける他ない。

柄谷氏が読者を考えさせないのは、氏の文がその動機に欠けるためではない。柄谷氏自身が考えてはいない、少なくとも考えられないものを考えようとはしないからである。例えばそこには、「思ひ出が、僕等を一種の動物である事から救ふのだ」(『無常といふ事』)といった素っ頓狂な言葉はない。だが読者は、面食らわされた時に、初めて「考へるヒント」を受け取るのだ。

小林の文章が読者を考えさせるのは、小林の言葉が「とぎすまされて」いるからではない。小林自身が、考え得ぬ事と直面し、そのために描写を用いながら歴史を見つめ、生きている人間に価値などないかも知れぬと想い巡らしているからだ。抽象的な論理ではなく、物言わぬ姿やヴィジョンが人を考えさせる。同様にハイデガーは、存在への問いが、有意味な問いとして発し得ず、なおまた答えられないことを認識しつつ、問いを発する事自体に存在論の「外部」に立つ可能性を示している。

存在を問うことは出来ないと自覚した時から、ハイデガーは抽象的な形而上学の言葉を逃れ、ヘルダーリンをはじめとする詩の言葉によって、「存在の恵みの反響」としての思索を紡いだ。

ハイデガーにしろ、小林秀雄にしろ、三〇年代に抽象的な言葉から踏み出して、詩の言葉を担い幻像をもつ批評文を書き出した時、現在では忌まわしいとされている政治的党派に係わり、また戦争に参加する事になった。あるいはゲルツェンは革命的な友人たちと袂を分ち、未来のために今日を犠牲にする暴力を非難した。これらの「誤り」は確かに必然的なものだったろう。しかしその誤りは、柄谷氏が言うように、彼らの思考に内在する抽象的論理の構造に拠るのではない。世間の中で力と対峙し、不敗の座を降りた者は、いずれにしろ、いつかは「誤ら」ざるを得ないのだ。

柄谷氏の批評は、抽象的には全く正しく、見事なものだ。しかしまた、抽象的であり続けるのならば、永遠に見事で正しいだけだろう。読者を痴呆化させ機嫌を取り結び、交通を離れて「外部」に閉じ籠もり、隠された正義による裁きを下し続けるだけだろう。

だが柄谷氏は一体何ゆえに、戦後的通念に対して極めて好意的な姿勢を取るのだろうか。それはけして氏がこれらの価値観を守ろうとしているためではない。柄谷氏は読者の大多数、特に現在文芸批評の読者であるような人々の気持ちを害さないように、これらの通念を尊重し、思考停止のアリバイを提供している。

「外部」にしても、「単独者」にしても、極めて読者に甘美な響きを込めて語られている。読者の前で思考を上演して見せる批評文のスタイルそのものが、細心の読者サーヴィスに貫かれている。読者の顔色を窺い、その気分に迎合する事に心血を注いで、柄谷氏の文章は磨き上げられた。

それは確かに類い稀な達成である。にもかかわらず、最終的に柄谷氏の仕事は批評とは言えないのではないか。

柄谷氏は小心翼々として読者に取り入り、その機嫌を伺っているがために、その文章は如何なる他者性も読者に対して持っていない。過激さを装いながら、柄谷氏はけして読者の耳に痛い事を言った事がない。それは柄谷氏が中上健次との関係について「ただ、相手がダメになったら、つまりどこかに安住してしまうなら、いつでも見すててやると思い、また、それを恐れ且つ待ちかまえて」いる緊張関係だと書きながら、一度も活字によって中上を批判しなかったのと同じだ。中上にも、そして読者にも攻撃が行われない以上、辛辣さや攻撃的な素振りは、洗練された阿諛追従にすぎない。それどころか氏は、読者が考えたくない事を考えさせようとせず、むしろ考えないで済むように奉仕している。めくるめくような思索のパフォーマンスから導きだされるのは、憲法の擁護にしろ、マルクスの不滅にしろ、臆面もない程旧弊な意見だけである。

勿論、こうした意見に柄谷氏が、いつまでも止まる訳ではない。これまでと同様に柄谷氏は、文芸批評読者の大勢を追って右にも左にも大胆に立場を変えるだろう。その時々の読者の前で、華麗な思考を上演して見せ、常に文芸の正しい水先案内人であり続けるだろう。だが肝心の読者たちは、いつまでも氏の子守歌を求め、耳を傾けるだろうか。

ソフトボールのような死の固まりをメスで切り開くこと

——村上春樹『ねじまき鳥クロニクル』第一部、第二部

「事実の羅列」を越えて「僕の心を圧倒的に揺さぶる何か」の方へ

∴

一九六四年末に精神的破綻を迎えたビーチ・ボーイズの音楽面での実質的リーダー、ブライアン・ウィルソンは、翌年の世界ツアーに同行することが出来なかった。一人カリフォルニアに居残った彼は、巨額の資金を掛けて、明らかに異常と思われる方法で新アルバムの製作に取り組んだ。ブライアンは、毎日ピアノの前に座り、感情が高まってくるのを待ち、興奮の頂点でそれを楽曲に結晶させようと試みた。出来上がった譜面はごく短いものであり、時には数小節しかなく、また簡単なコード進行でしかないものもあった。彼は短い楽曲が蓄まると、ハル・ブレインやジム・ホーンといった当時最高のスタジオ・ミュ

ージッシャンをかき集めて録音し、大量の数秒からせいぜい一分余りのテープを作製した。その後ブライアンはスタジオに籠もり、それらの断片を切り貼りし、繋ぎまた取り替えながら十数曲分のリズム・トラックを作り上げた。

長いツアーを終えて帰って来た他のメンバーたちには、ブライアンが歌を録音するように要請した曲も歌詞も、全く理解することが出来なかった。それは明らかにポップ・ミュージックの枠組みをはみ出していただけでなく、あらゆる創作行為の地平からも逸脱した、何を求め、何のために試みられたのか全く分からない、膨大な手間と時間と金銭とそして才能の蕩尽としか、あるいはそれらの爆撃的空費の残骸としか見えなかった。

レコード会社の慌てぶりはより深刻だった。そこにはビーチ・ボーイズに大きな成功をもたらしたあらゆる要素――サーフィン、ホット・ロッド、水着、海辺、デート、パーティ、陽気な女の子――は姿を消し、また踊るべきリズムも、口ずさむべきメロディもなかった。絶望や喪失、取り返しのつかない変化、不安、不適応と、救済、癒し、神への祈りが歌われ、不協和音すれすれに響くベース・ラインと、前衛的なアイデアに満ちたアレンジ、不思議な音階に満ちていた。

にもかかわらずそれはまぎれもない、ポップ・ミュージックであった。政治意識をもったフォークソングでも社会的権威を否定するロック・ミュージックでもなく、娯楽として消費すべき商品として作られていた。だが、一体誰がポップ・ミュージックに厭世的な世界観や音楽的実験を求めるだろう。アルバムの中には、ポップス史上はじめて「神」の名前を冠したポップ・チューン（「ゴッド・オンリィ・ノウズ」）さえ含まれていたのである。
アメリカ音楽史最大の成果とも言われるビーチ・ボーイズの『ペット・サウンズ』は、この様にして発表された。売上の低下を恐れたレコード会社は、急遽過去のビーチ・ボーイズのベスト盤を編集して発売し、ベスト盤の成功を妨げないように『ペット・サウンズ』のプロモーションを邪魔したとさえ言われている。

∴

昨年、『駄目な僕――デヴィッド・ガーランド　パフォームズ　ブライアン・ウィルソン』を聞いて、私は不吉で絶望的な響きに圧倒されてしまった。ここでガーランドは『ペット・サウンズ』や余りの異常さのためについに発表できなかった『スマイル』を中心とするウィルソンの作品を集めて、独自の解釈に基づく演奏をしている。カリフォルニアの太陽の下で書かれた、ちっぽけなポップ・チューンに詰め込まれた、避けがたい崩落の予感。

トラックの運転手さん、君の出来る事をするんだ
君の重荷を道に降ろして、夜の外へ逃げるんだ

広大な過去、最後の喘ぎ
君は偉大な苦力《クーリー》が鉄道で働いているのを見ただろうか
カラスが行き来して、トウモロコシ畑を裸にしていく
脱穀機が行き来して、トウモロコシ畑を裸にしていく

「キャビネッセンス」

私はガーランドの作品に触発されて、久しぶりにビーチ・ボーイズの『ペット・サウンズ』を聞き、数年前から市場に出回っている『スマイル』の流出音源を手に入れ、秋の初めを、才能溢れるポップ・ミュージッシャンが作り出してしまった静かな狂気につきあって過ごした。ディスク・チェンジャーのリモコンをいじって「ハング・オン・トゥ・ユア・エゴ」の頭出しをするたびに、私は連載が終わったばかりの『ねじまき鳥クロニクル第一部』の感触、喚起された想念を思い出した。

勿論『ペット・サウンズ』と異なって、単行本として発売された『ねじまき鳥クロニクル』は、多くの読者に迎えられてベスト・セラーになった。また版元が、商業的成功を妨害したという話も聞かない。

にも拘わらず村上春樹氏の新作に私は、とてつもなく不吉な予感を覚える。間違いなくこの小説には、これまでの読者を戸惑わせ、裏切り、引き裂く何かがある。

ここには、かつて氏が読者に与えて来た、親密で甘やかなものは何もない。分かりやすいイメージも巧みな隠喩もない。中国人のバーテンも、公園の壁に激突するフィアットも、ピンボール・マシーンも、鯨のようなリムジンも、神様への電話もない。ピンクの太った服を着た女の子も、青山の地下にうごめく「やみくろ」も、バスのなかで猥褻な想像を話す陽気な子も、ギターの弦の柔和な響きも、海に飛び込むマセラティも、美しい儀式のようにバーナーを点火する同級生もいない。感傷もなければ、ユーモアもなく、一人残らず救いがたい傷や衝動を抱えた、不可解な人物たちが、救いのない対立や接触を繰り返す。ただ拒みがたい力が、暴力的な力だけが蔓延している。

この小説が暴力的であるのは、いくつかの残虐行為や暴発、あるいは憎悪が描かれているからではない。作家自身が、自らの作品とそれまでの文学世界に対して破壊的な衝動を抱き、実際にそれを叩きこわし、踏みにじり、燃やし尽くしているからだ。

「左手に思うように力が入らなかったので、バットを捨て、男にのしかかるようにしてその顔を右手で思い切り殴った。何度も何度もその男を殴りつけた。右手の指が痺れて痛くなるまで殴った。相手が意識をなくすまで殴ってやろうと思った。襟首を摑んで、頭を木の床に叩きつけた。僕はこれまでに殴り合いの喧嘩なんて一度もやったことがなかった。思い切り人を殴ったこともなかった。でもどういうわけか、もうそれをやめることができなくなってしまっていた。もうやめなくちゃいけないんだ、と僕は頭の中で考えていた。

これでもう十分だ。これ以上はやりすぎになる。こいつはもう立ち上がることもできないんだぞと。でもやめられなかった。自分がふたつに分裂してしまっていることがわかった。こっちの僕にはもうあっちの僕を止めることはできなくなってしまっているのだ。」

第二部の結末近く、叔父の勧めに従い新宿の通行人の顔を十日余も眺めていた「僕」は、数年前妻が勝手に中絶してしまった日に札幌で見た、不思議な手品をする歌手を見つけて尾行する。歌手は千駄ヶ谷辺の木造アパートに入っていったかと思うと、突然バットを持ち出して「僕」に殴りかかる。

かつて村上春樹氏の長編小説において「僕」が振るった事のない、この暴力は、そしてその衝動が照らし出す「自分がふたつに分裂」しているという感覚は、「僕」の分身、あるいはドッペルゲンガーとしての歌手に対して、つまり「僕」自身にたいして向けられている。そしてまた作者自身を、その文学世界を殴る、この作品の性格を示している。

作者はまた、明らかに読者に対しても暴力を振るっている。自ら作り出しつつある何ものかに戦き、止めようとしながら、またその誘惑に進んで身を晒さざるをえない、分裂の現場で書いている。恐れながら、目を見開いて、死の固まりを切り開こうとしている。

∴

このような衝動、理不尽な力が、明らかに作品の前面に出てきたのは、『ダンス・ダン

ス・ダンス』が完結した後に書かれた最初の短編、『眠り』からだろう。『眠り』は、夢ともつかず寝ている自分の足に「ぴたりとした黒い服」を着た老人が水差しから水を注ぐ光景を見てから眠れなくなった歯科医の妻が、日常生活から逸脱していく過程を描いている。眠れなくなった主人公は活力に満たされ、トルストイの小説を読み、チョコレートを貪り、力いっぱい泳ぐ。それまで丁寧にこなしてきた家事に嫌悪を覚え、息子の寝顔に苛立ち、夜中に町を小型車で走り回る。

『眠り』が極めて特徴的であるのは、日常生活からの逸脱を、不眠という理不尽な力による否応のない引き剝がしとして描いていることだろう。不眠に捕らわれた主人公は、もうそれまでの人生に止まる事が出来ず、息子や夫との関係に現実性を感じられない。ただ自分の勢いに忠実であることだけが、真実であり可能だと感じている。「眠りなんか必要ない、と私は思った。もし仮に発狂するとしても、眠れないことで私がその生命的『存在基盤』を失うとしても、それでもいい、と私は思った。構わない。私はとにかく傾向的に消費なんかされたくない。そしてその傾向的消費を治癒するために眠りが定期的に訪れるのだとしたら、そんなものはいらない。私には必要ない。もし私の肉体が傾向的に消費されざるを得ないとしても、私の精神は私自身のものなのだ。私はそれをきっちりと自分自身のために取っておく。それは誰にも渡しはしない。治癒なんかしてほしくない。私は眠らない。」そして、彼女は、深夜、埠頭に車を停めている時に、何処からか現れた三人組の男に車を強く揺すられる。

「私の精神は私自身のものなのだ。私はそれをきっちりと自分自身のために取っておく。」という主人公の宣言は、一見これまで村上春樹作品の中で繰り返されて来た、個人が個人であるということの言明のように見えるが、全く異質である。ここでは、言葉と個人の関係が、従来と逆転している。

『風の歌を聴け』から『1973年のピンボール』を経て、『羊をめぐる冒険』に至る長編小説で、村上春樹氏は、個人の自立、それも言葉を通じての確立を試みてきた。おそらく背後に想定されているであろう六〇年代的な、政治と普遍性と観念の、個人を歴史や集団に動員して止まない言説に対して、いかに微小なものであっても個人的な感触をもった言葉を回復するために、氏の小説は「今、僕は語ろうと思う。」と、語り出されたのである。「それでも僕はこんな風にも考えている。うまくいけばずっと先に、何年か何十年か先に、救済された自分を発見することができるかもしれない、と。そしてその時、象は平原に還り僕はより美しい言葉で世界を語り始めるだろう。」(『風の歌を聴け』)という出発は、とつとつとしていながら、紛れもなく(歴史や思想や知識の高みからでなく)自分が立っている場所から発せられた言葉によって試みられ、そして「俺自身の記憶と俺自身の弱さを持った俺自身」(『羊をめぐる冒険』)であるために、「羊」を呑み込んだまま自殺する「鼠」によって孤立しながらも、個として存在する魂に到達した。

『世界の終りとハードボイルド・ワンダーランド』、『ノルウェイの森』、『ダンス・ダンス・ダンス』の三作は、この個人が、他者とつきあい、絆を結ぶための倫理が扱われている。確かに『世界の終りとハードボイルド・ワンダーランド』のドラマは、一面『羊をめぐる冒険』を反復している。だが『世界の終り』において、「影」だけを壁の外に逃がし、「僕」が居残る結末は、『羊をめぐる冒険』に似て非なるものである。『世界の終り』における「僕」の決断は、明らかに自らの責任において主体的になされており、受動的な『羊』の結末と異なる。

『ノルウェイの森』において村上春樹氏は、複数の三角関係を組み合わせる事で、人は本当に他者と係わり、或いは救い、癒す事が出来るのか、という本格的な他者性の問いに踏み出し、その不可能性と可能性を「直子」と「緑」の、二人の女性像に形象化した。『ダンス・ダンス・ダンス』は、こうした他者との関係が、現代、「高度資本主義社会」において如何なる形態を取りうるか、と尋ねている。その点で『ダンス・ダンス・ダンス』は幸福な作品であると同時に不幸な作品であり、村上氏は、はじめて本格的に現代と直面し、そのダイナミズムを捕らえることに成功する一方で、氏は膨大な「闇」を顕在化させてしまった（この点について私は以前『「内なる近代」の超克』で論じた）。「闇」に呑み込まれないために、とにかく踊りつづけるんだ、というメッセージを残して羊男は消える。この結末は、主人公の――北海道におけるユミヨシさんとの――新出発を示すのではなく、羊男に代わって「僕」が闇に住むことを予言しているようにも思われる。『眠り』における転換は『ダンス・ダンス・ダンス』が必然的に生み出したものであるが、その転換は深いものである。『眠り』においては、『ダンス・ダンス・ダンス』までのように主人公は自分が自分であることを、言葉によって理解したり支えたりする事が出来ない。彼女が彼女である証しは、言葉や他者との関係、コミュニケーションにではなく、そこに掬い取ることの出来ない不眠のエネルギィにある。そこでは、語り得ない、説明しえないという、自らの無力を認めることが、言葉の最高の機能となっている。

『ダンス・ダンス・ダンス』以降の作品が、小説として異質である事は、主人公の設定に顕著にあらわれている。『ダンス・ダンス・ダンス』までの作品では、村上春樹作品の主人公たちはみな身軽な若者たちだった。

彼らには家庭もなく、勿論財産も知恵もなかった。自分なりに作って来た関係性も自信もなく、未来に開かれていた。確かに彼らはとり返しのつかない体験を経ているし、死者たちの記憶を背負ってもいる。しかしそれでもなお、彼らは未だに何かを選ぶ事が出来ると思っているし、事実彼らは、新しい生活や、恋人や去就を選び、決断する。

だが『眠り』以降の主人公たちは、ある程度達成された位置にいる。『眠り』では、夫の歯科医は開業に成功し安定した生活を獲得した処だ。『国境の南、太陽の西』の主人公は、青山近辺で上品なバーを経営している。『ねじまき鳥クロニクル』の「僕」は、失業中ではあるが、長い時間をかけて絆を築いてきた妻がおり、妻は編集の仕事と副業のイラストレーションで着実に成果を挙げている。

これらの主人公たちは、みな世慣れた、社会での経験を積み一山を超えた大人であり、守るべきパートナーや生活、仕事を持ちながら、自分は実は何一つ選ばなかったのではないか、何も成し遂げなかったのではないか、という疑念を燻らせている。ここから何処にも出られないと知りつつ、出口を探らずに居れない。そしてある日このような主人公たちを突然理不尽な力が襲い、その環境から引きはがし、あるいはかけがえのない物を奪う、というのが『眠り』から『ねじまき鳥クロニクル』に至る村上春樹作品の基本的なドラマである。このような構造の変化は、一体何を意味しているのか、それは作品にどのような変化をもたらしたのだろうか。

『国境の南、太陽の西』は、「僕が生まれたのは一九五一年の一月四日だ。」という、これまでの村上氏の長編の中でもっとも平俗な書き出しで始まる。この作品は、語り手が自らの生誕この方を述べるという単純な叙法で書かれているばかりではなく、登場人物の性格づけも、かつてなく凡庸なものである。「僕」の不充足は「一人っ子」として「自分には何かが欠けている」といつも「まっすぐに指をつきつけ」られていたことに求められ、また「島本さん」の「温かく傷つきやすい何か」は「小児麻痺のせいで左脚を軽くひきずっていた」という「重荷」がもたらした「タフ」な「微笑み」として形象化されている。

その世界は、青山のバー、BMW、チェロキー、全共闘世代の感慨、株価操作、アルマーニ……といった俗な事物で埋めつくされている。

一体、あの繊細な村上春樹はどこに行ったのか？　という疑問がジャーナリズムから提示されたのも無理はなかったかもしれない。これは単純で凡庸な不倫小説に過ぎないではないか？

だが村上氏が、一見素朴な叙述や描写を採用したのは、『ダンス・ダンス・ダンス』をさらに推し進めて、俗世間を正面から描くためではなかった。氏が何の洗練も感じられないような事物で小説を描いたのは、最早氏がそうした事物の趣味のよさや選択によって何かを表現すること、あるいは表現しうるようなものに何の関心もなくなったからだった。『眠り』において歯科医の妻が凡俗であるのと同様に、酒場の主人には何のエキセントリシィも必要ではない。

村上氏は『国境の南、太陽の西』において、微妙なニュアンスや、感覚として示されるような個性には一切興味を払っていない。ここで氏はより根本的な、自意識や趣味の問題としては提示されえないような何物かを描こうとしている。

高校生になって「島本さん」と会わなくなった「僕」は、「イズミ」という女の子とつきあう。「イズミは僕に心を開いていたと思う。でも僕にはそれができなかった。僕はイズミのことが好きだったけれど、本当の意味では彼女を受け入れてはいなかった。」

ある時、僕は「イズミ」の年長の「一人っ子」の従姉と知り合い、「激しい吸引力」を感じて性交をする。「正確に言えば、僕は彼女を愛してはいなかった。彼女ももちろん僕のことを愛してはいなかった。しかし相手を愛しているとかいないとかいうのは、そのときの僕にとっては大事な問題ではなかった。大事だったのは、自分が今、何かに激しく巻きこまれていて、その何かの中には僕にとって重要なものが含まれているはずだ、ということだった。それが何であるのかを僕は知りたかった。とても知りたかった。できることなら彼女の肉体の中に手を突っ込んで、その何かに直接触れたいとさえ思った。／僕はイズミのことが好きだった。でも彼女はこのような理不尽な力を僕に一度も味わわせてはくれなかった。それに比べて僕はこの女のことを何ひとつ知らなかった。愛情を感じているわけでもなかった。でも彼女は僕を震わせ、激しく引き寄せた。」

『国境の南、太陽の西』は、正面からこの「理不尽な力」を描こうとしている。そしてこの「力」の前で、従来の村上的個人は無残に解消されざるを得ない。「僕」が「イズミ」を救い難く傷つけ、また壊してしまったと正確に認識しながら、罪悪感も倫理的責任も感じていないことに留意すべきだろう。此処は『ノルウェイの森』とは全く異質な世界であり、選んだり、選ばなかったり、「愛しているとかいないとかいう」次元で人間が生きている世界ではないのだ。

それゆえに、再会した「島本さん」の理不尽な力に巻き込まれていく主人公と妻の葛藤も倫理や道徳といった意識のレベルで為されるのではない。ここで提起されているのは、けして回復出来ない本然へと否応無く向かって行く主人公と、「死んでしまうことなんて、たいしてむずかしいことじゃないのよ。私は子供のことさえ考えもしなかった」という強烈な衝動に憑かれた妻との、理屈や関係性に掬いとれない力に支配されている人と人の間にいかなる関係がありうるのか、という問いなのである。個人と個人の関係ではなく、「力」と「力」が結びつき得るのかと問う事。「『僕には本当にわからないんだ』と僕は言った。『僕は君と別れたくない。それははっきりとしているんだ。でもその答えが本当に正しい答えなのかどうか、それがわからない。それが僕に選ぶことのできるものであるかどうかさえわからないんだ。ねえ有紀子、君はそこにいる。そして苦しんでいる。僕はそれを見ることができる。僕は君の手を感じることができる。でもそれとは別に、見ることも感じることもできないものが存在するんだ。それはたとえば思いのようなものであり、可能性のようなものなんだ。それはどこかからしみだしたり、紡ぎだされたりするものなんだ。そしてそれはこの僕の中に住んでいる。それは僕が自分の力で選んだり、回答を出したりすることのできないものなんだ』」

『ダンス・ダンス・ダンス』以降の作風の変化を、断絶と捕らえるべきではない。それは村上的個人が少しずつ育んできた「闇」の領域を、「見ることも感じることもできないもの」として小説の核心に据えるための、つまり描く対象が「関係」から「衝動」へと変化する上での、否応の無い作風の変化であり、対象をめぐる転回だったのである。

∴

『国境の南、太陽の西』で、「僕」と「島本さん」は、ナット・キング・コールの歌を聞きながら、「国境の南」には何があるのかと考える。それは無論「メキシコ」ではありえない。それは来る日も来る日も広大な土地を耕している農夫が、突然憑かれたように歩きだしその揚げ句に倒れ伏して死ぬシベリアの大地であり、唯一度関係した時「僕」が「島本さん」の眼の中に見いだす「地底の氷河のように硬く凍りついた暗黒の空間」であり、小動物やサソリ、サボテンが蠢き、死滅した後も存在しつづける砂漠にほかならない。『ねじまき鳥クロニクル』もまた、「国境」の向こう側の砂漠のヴィジョンを内包している。だがそれはディズニィ映画の静かなニヒリズムではなく、「ノモンハン戦争」が行われる「ハルハ河左岸」の砂漠とその井戸を巡る、この世があるという事自体への驚嘆として現れる。「蒙古の夜明けというのはそれは見事なものでした。ある瞬間に地平線が一本の仄かな線となって闇の中に浮かび上がり、それがすうっと上の方に引き上げられていきました。まるで空の上から大きな手がのびてきて、夜の帳を地表からゆっくりとひきはがしているみたいに見えました。それは雄大な風景でした。その雄大さは、さきほども申しましたように、私という人間の意識の領域を遥かに越えた種類の雄大さでありました。それを見ているうちに私には、自分の生命がそのままだんだん薄らいで消えていくようにさえ感じられました。そこには人の営みというような些細な物事はみじんも含まれておりませんでした。生命と呼べるようなものは何ひとつ存在しなかった太古から、これと同じことが何億回も何十億回も行われてきたのです。」

無論この作品において井戸は、『国境の南、太陽の西』におけるバーと同様に、人が生きる世界についてのきわめて理解しやすい、平俗な喩えにすぎない。だが『ねじまき鳥クロニクル』において、従来の作風からの変化は、卑俗化から解体、あるいは逆転として為されている事は確認しておく必要がある。『ノルウェイの森』において「直子」が落下を恐れた井戸に、「僕」は、あるいは「加納クレタ」や「笹原メイ」は、進んで降りてゆく。最早村上氏は、地下の存在を、忌まわしいものとしてのみ認識しない。「土の中の彼女の小さな犬」において「石鹼の匂い」に消された死臭は、今や呼吸すべき大気として充満している。かつて探究と関係と力の象徴だった「羊」は、拷問の背景に転化され、「羊博士」の体験は、「山本」の無残な死と「間宮中尉」の余生を見てしまうと、色褪せざるを得ない。作者は、作風を変化させているだけでなく、此れまでの作品に対して自己破壊的な記述をしている。

だがこの逆転は単に認識論的なものだけではない。確かに認識は『ねじまき鳥クロニクル』において重要な要素である。例えば「僕」と「綿谷ノボル」の対立は、全く倫理的な、政治的なものではない。単純に世界認識、つまり井戸から外に出られると考えているものと、井戸の底からしか世界を見られない視線の差異の問題でしかない。

にもかかわらず視線等の相対的な差異は、衝動や力において、つまり「僕」と「綿谷ノボル」の相互に抱いている「理不尽」な力に解消されてしまう。繰り返しになるが、『ねじまき鳥クロニクル』が目指しているのは、相対的な関係でなく、そうした差異を解消してしまう世界の根底にある存在であり、至福なのだ。「私は外蒙古の兵隊たちによって蒙古の平原の真ん中にある深く暗い井戸の底に放り込まれ、脚や肩を痛め、食物も水もなく、ただ死ぬのを待っておりました。私はその前に、ひとりの人間が生きたまま皮を剝がれるのを見ておりました。そのような特殊な状況下にあって、私の意識はきわめて濃密に凝縮されており、そしてそこに一瞬強烈な光が射し込むことによって、私は自らの意識の中核のような場所にまっすぐ下りていけたのではないでしょうか。とにかく、私はそこにあるものの姿を見たのです。私のまわりは強烈な光で覆われます。私は光の洪水のまっただなかにいます。私の目は何を見ることもできません。私はただ光にすっぽりと包まれているのです。でもそこには何かが見えます。一時的な盲目の中で、何かがその形を作ろうとしています。それは何かです。それは生命を持った何かです。光の中に、まるで日蝕の影のように、その何かが黒く浮かび上がろうとします。でも私にはその姿をはっきりと見定めることができません。それは私の方に向かってやってこようとしています。それは私に何か恩寵のようなものを与えようとしているのです。」

∴

だが、R・ジラールの『ロマンティークの虚偽とロマネスクの真実』を引き合いにだすまでもなく、元来小説は恋愛や信仰、主君への忠誠といった直接的、存在的と思われている事物を関係性の中で相対化するジャンルである。その点からすれば、相対から、絶対的な存在に向かおうとする村上氏の試みは極めて危うい、と言わざるをえない。それは既に『国境の南、太陽の西』において平俗化という形で現れており、『ねじまき鳥クロニクル』においても、性、暴力、憎悪といった直接的な、「理不尽」な力の機能は、月並みとぎりぎりの処で踵を接している。

実際こうした「存在」は、井戸の底の「何か」や「笹原メイ」の語る「自分の中にあるそのぐしゃぐしゃ」「死の固まり」としてしか示されえないものであり、それを小説の核心に据えることは困難極まりない。

無論その点において作者は極めて意識的であり、少なくとも第二部までは巧みに拮抗し得ている。

村上氏は、小説の筋立てを、予言や謎、超常現象、旧作品の断片的想起などの手段で錯綜させ、読者に統一的な視点を与えない事で、読者を「理不尽な力」の真ん中に巻き込み、この困難を乗り越えようとしている。つまり村上氏は、「理不尽な力」を扱っている小説自体を、読者に対する「理不尽な力」にしようとしているのだ。この点において『ねじまき鳥クロニクル』は、読者に作品との距離を許す『国境の南、太陽の西』とは異質である。その事は『国境』では主人公＝話者が妻を裏切るのに、『ねじまき鳥クロニクル』においては話者が妻に裏切られる、という設定の転換に端的に示されている。

だが、にも拘わらず小説において直接的なものを問うというその試みは大変不吉なものと言わざるをえない。「ねじまき鳥」である「僕」がどこにも飛んでいけないように、様々な仕掛けをしつつ小説もまた井戸の底から離れることが出来ないからである。

集団の思想から、個人の言葉を奪回し、その個人が他者と結び得る可能性を問うた作者は、ついに個人の底にある何ものかを示そうとしている。死の固まりにメスを入れ、切り開き、何物かを引き出そうとしている。

村上春樹氏は果たして私たちに、井戸の底にある「光の中にある何か」の姿をはっきりと見せてくれるだろうか。それともやはりその存在は、永遠に「何億回も何十億回も」待ち続けられ、到来を予告され続けられるべきものなのだろうか。

それは小説に、文学にとって可能な試みなのだろうか。人間に許されている企みなのだろうか。

だが、今は、それを問うべき時ではないだろう。一人の作家が、「理不尽な力」に把えられ、不吉な試みを強いられている様を、私は戦きながら見詰めている。それは誰よりも作家自身にとって、説明も出来なければ、選べもしないことなのだろうから。

（ビーチ・ボーイズについての記述は『ペット・サウンズ』の山下達郎氏による解説と、ビーチ・ボーイズ・ヒストリィ・ボックスＶｏ１・３所収のデヴィッド・リーフ氏の記事を参考にさせて戴きました。「キャビネッセンス」の引用は、『駄目な僕——デヴィッド・ガーランド　パフォームズ　ブライアン・ウィルソン』の伊藤英嗣氏の訳を元に、適宜改めさせて戴きました。）

放蕩小説試論

一

一九七八年一月末の朝、十一時頃、十七歳の私は奥志賀高原ホテルのロビーで仲間が起きてくるのを待っていた。空はすばらしく晴れ上がり、山頂へとリフトが音もなく上っていた。派手なスキーウェアが空まで数珠繋ぎになっている光景は、復活した篤信者たちが再臨したキリストに召されていくように見えた。

その時私は、突然、憂鬱に襲われたのである。

私には、気分が沈むような理由は何処にもなかった。私は高校二年生で、勉強をしなくても大学に進める身の上で、まだ二カ月以上休暇があり、ポケットには支払い制限のない親のクレジット・カードが入っていた。自分と同様に気楽で愚かな友達がおり、女の子はいくらでも引っかかった。

その日の私は、世界で一番恵まれた高校生だったかもしれない。それなのに私は、これといった訳もなく、深い厭世感に襲われてしまった。夜半の吹雪が均した急斜面に身を躍らせる興奮や、ぶっきらぼうな口調で年上の女の子を部屋に誘う心持ち、泥酔して車を高速道路で走らせる時に現れる影、畳まれたブラウスからかすかに漂ってくる柑橘類の匂い、海島綿のシャツの感触といった事物と際会することは、祝福ではなく自分に課せられた義務であり、逃れられない召命なのだ、といきなり啓示が下された。

私は、今日もスキーをしなければならず、女の子をひっかけねばならず、パーティーを開かねばならず、酔って温水プールで泳がねばならなかった。四月まで毎日、栂池からコロラドまで河岸を変えて悪戯を重ねなければ、家に戻ることが出来なかったのである。

学校がはじまってもこの責務は解除されなかった。私と友人たちは、気休めにラテン語を勉強したり、留学生試験を冷やかしながら、長い夕方と夜を遊び抜かなければならなかった。永遠にプロム・ナイトは訪れない事を知りながら、核戦争を憂えたり、アフリカの飢餓について涙しつつ、女の子を高速道路の非常駐車帯に置き去りにしなければならなかった。

はじめて古代ギリシャ詩を読んだ時、私はいい知れぬ違和感を覚えた。それらの詩句は、如何なる意味においても、私に無縁だった。

例えばピンダロスの詩篇を繙いてみると、彼が謳うのは、オリンピアにおける戦捷の輝かしさであり、戦士たちの肉体の香しさ、勁い腕が放つ槍の速さであり、奪い取った賞品の夥しさ、黄金の輝きである。

古代ギリシャ人は、強いもの、美しいもの、幸運や勝利、心地よいものを愛し、哀れなものや弱く、不運なものには一顧だに払っていない。

ニーチェが、ギリシャにニヒリズムを持ち込んだと批判したソクラテスやプラトンですら、十九世紀ドイツの哲学者とは比べものにならない程若々しく強い。『饗宴』において、「単一の形相として永遠」であり「窮極深奥の美」であるイデアへの出発点として措かれているのは、肉体の愛としてのエロス、なかんずく「美少年美青年」への耽溺である。「ちょうど階段を使うように、一つの肉体から二つの美しい肉体へ、二つの美しい肉体からすべての肉体へ」と遍歴することを、「美そのものを対象とするところのかの学問」である哲学への路としてプラトンは示した。

天上に輝く永遠不変のイデアは、現世の移ろい易い快楽の否定ではなく、少年の肌の熱や汗の香りといった地上の果実の、臆面のない肯定と鑑賞の上にきらめいている。

古代ローマでは、ポエジーは少し弱められている。ローマ人たちは、無為や閑雅、くつろぎを愛する位には衰えた。それでもウェルギリウスにとって善きものは、フェヌロンが嘆いているように「草笛を吹いたり、砂上で闘ったり、踊ったり、歌を歌ったり、馬をも

った り、戦車を御したり、武器をもったりする楽しみ」以外には存在しなかった。そこには弱者への慮りも、苦悩と自己否定も、超越的なものへの飢餓も存在しない。

古代の人間たちにとって、現世は善きものに包まれていた。最初の人間は恐るべき世界に投げ出されていたのではない。彼は自分が奪い、使い、楽しみうる肉と魂に囲まれ、その中に溺れ、脅える間もなく死んでいった。

だがすでにトルヴァドールにおいて、あるいは李杜、人麻呂において、晴れ晴れとした現世の賛美は適わない。その点からすれば中世も万葉も、今となんら変わらない地上である。歌である。

私たちは、快楽をそのものとして享受することが出来ない。あらゆる邪しまな手管を用いて豪奢を求めながら、直接に楽しむことが許されていない。

勿論私の弱い知性は、人間を覆っているこの衰弱と禁忌を、キリスト教や仏教の責めに帰したり、文化文明の影響として論じる事が出来る。

しかし十七歳の私は、そして身持ちが修まらない現在の私も、筋道の行き届いた説明や解釈に納得することが出来ない。放蕩は、まるで責務のように私に課せられ、強いられている。この強制の意味を、そして一体何が、誰がこの義務を私に差し向けているのか、魅惑に震える神経と憂愁に釣り合って私を説得することが、歴史や哲学には出来ない。その解明はおそらく、文芸、小説によってしか出来ないだろう。そして、この問いのためにのみ、私は文芸に関わり、小説を読んでいる。ルカーチが語った如く、人と歴史を覆う調和のコスモスが破れた時に叙事詩が滅び、近代小説が現れたのならば、敵を打ち負かす快感を歌った戦捷詩が叶わなくなった後に、放蕩小説は生まれた。

二

永井荷風の小説を年代順に読んでいくと、荷風が遊蕩への姿勢を徐々に変えていることが解る。『ふらんす物語』や『すみだ川』のナイーブな風景や情感、不道徳への耽溺から、『雨瀟瀟』の「街を歩む中呉服屋の店先に閃く友禪の染色に愕然目をそむけ」るような「情は消え心は枯れた」精魂へと、放蕩と共に生きる宿命の認識は変化していく。絢爛たる『歓楽』や『腕くらべ』ではなく、荒廃を踏まえた後期の小説に、放蕩の小説家であった荷風の面目はある。

もしも永井荷風の思想や倫理なるものがあるとすれば、それは放蕩の中にしか存在しない。それは「主義」や「趣味」として抽象しうるものではなく、小説から一歩離れた途端、繰言に過ぎなくなる。私は荷風の儒者めいた口ぶりや、文人としての覚悟に、面目など寸分も認めない。同様に、荷風の裡に文明批評家や、特異な個人主義者を認める視点は、批評家の自己満足としか思われないのだ。

磯田光一や唐木順三が問題にしている、鷗外の遺書を模した「余死するの時、後人もし余が墓など建てむと思はゞ、この浄閑寺の塋域娼妓の墓亂れ倒れたる間を選びて一片の石を建てよ。石の高さ五尺を超ゆべからず、名は荷風散人墓の五字を以て足れりとすべし。」という『断腸亭日乗』昭和十二年六月廿二日の注文にしても、そこに鷗外の遺書を貫いていた国家社会とみずからの存在に係わる複雑な拘泥は認められない。ここで荷風が漏らしているのは、その場限りの感傷に過ぎないし、実際、荷風の墓は雑司ヶ谷に建てられた。最期の意志を貫くために鷗外が加古鶴所に託したような方策を、一切荷風は企まなかった。

鷗外にとって存念を託すに足りた墳墓の体裁は、荷風にとってはどうでもいいことであり、そんな石くれや刻まれた文句を、彼は信じていなかった。同様に彼が口にする文明批評や旧時代の倫理は、言葉尻をとらえて引用するには好適だが、突き詰めれば何れも「今の若い女は良家の女も藝者も皆同じ氣風だ。會社で使つてゐる女事務員なぞを見ても口先では色々生意氣な事をいふが辛い處を辛抱して勉強しやうといふ氣は更にない。」(『雨瀟瀟』)といった類いの、「頼まれもせぬ憎まれ口」の域を出ない。

荷風において何物にも還元できないのは、思想や倫理ではなく小説である。私は小説家永井荷風しか信じないし認めない。

荷風が小説によって示したものを、例えば『雪解』の醸しだす冷えのようなものとして考えることができる。かつて「浅草瓦町の電車通に商店を構へた玩具雑貨輸出問屋」の主人だった田島兼太郎は、「歐洲戰爭」講和後株式相場が崩落し、「親から譲られた不動産までも人手に渡し」て妻子は実家に返し、自身は「代地河岸に圍ってあった」元芸者の澤次の許に転がり込んだ。澤次も最初は、「旦那の落目に寢返りをした抔と言はれては以前の朋輩にも合す顔がない」と芸者に戻って世話をしてくれたが、次第に厄介者になり、妾宅からも追われて、今は、昔店で使っていた男がやっている「千三屋」の、「手先」に身を落としている。兼太郎が、「一日吹雪の中をあっちこっちと駈け廻つて歩」いた翌朝、仕事に出る気になれず銭湯に行くと、何気なく覗いた女湯に生き別れた娘お照を見つける。

お照が、兼太郎の貸間を訪ねる筋立てはさながら人情話であるが、『雪解』が荷風の作品たる所以は、娘もまた身を持ち崩し、母の実家を追われて「カツフエー」の女給になっている処だろう。兼太郎は、身の上を恥じながら会いに来てくれた娘に言う。「お照、何も氣まりをわるがる事はねえや。そんな事をいつた日にやお父さんこそ、お前に合す顔がありやしない。お前がちやんとおとなしく御徒町の家にゐた日にやア途中で逢つたつて話も出來ない譯なんだ。さうだらう。乃公《おいら》は女房や子供をすてた罰で藝者家からもとうくお履物にされちまつた。それだから、斯うしてお前と話もしてゐられるんだ。」

結末で、お照と歩いていた兼太郎は、偶然出会った馴染客と去った娘に取り残されて、「ふと何の聯絡もなく」、かつて妾だった澤次が他の男と寄り添って柳橋を渡る姿を見て、「もういけないと諦をつけた時の事」を思い出す。「お照と澤次とは同じものではない。同じものであるべき筈がない。お照は不屈至極な親爺の量見違ひから置去りにされて唯一人世の中へはふり出された娘である。澤次は家倉はおろか女房兒までも振捨てゝ打込んだ自分をば無造作に突き出してしまつた女である」とけじめを付けながら、猶「夜もふけ渡つた町の角に自分は唯一人取殘されて月の光に二人連を見送る淋しい心持」は、同じであることを認めざるをえない。「お照はそれにしても不人情なこの親爺にどういふわけで酒を飲ませてくれたのであらう。不思議なこともあればあるものだ。それが不思議なら、あれほど恩になつた澤次が自分を路頭に迷はすやうな事をしたのも矢張不思議だ」。

この「不思議だ」という述懐に、荷風の小説の神髄が現れている。作家自身が語るように、ここでお照と澤次の後姿が一致することは「何の聯絡」もない。この連想は、論理的な思考や価値観には掬いとることが出来ない。だが小説の中で、取り残された二つの経験の同一性は、主人公の衰運と重なり合い、残った雪の冷たさと相俟って非論理的な説得力を得ている。そしてこの「聯絡」のなさこそが、主人公の放蕩の末に零落した人生を貫いている、思想でもなければ物語でもない、小説的な真実なのだ。

一見すると『雪解』は、例えば『夏姿』といった中期作品と同様の構造をもっているようだ。『雪解』の、吹雪の翌日の晴れ間に親子の縁が束の間の温かさを帯び、雪が溶けたと思わせつつ、やはり冬の寒さと主人公の孤独は変わらないという、季節感と筋の相互作用は、『夏姿』で主人公が囲う妾の身持ちの悪さ、ふしだらさが盛夏のけだるさと重ねあわされているのと、軌を一にしている。

だが『夏姿』においては、小説の主題と季節感の描写は寸分の差なく一致している。つまり『夏姿』の蓄妾と離縁のドラマは、俳句や川柳で表現することが充分可能な、季節と人事の交錯に過ぎない。

だが『雪解』の寒さ、娘に取り残された主人公が帰宅し「二階へ上り冷切つた鐵瓶の水を飲みながら夜具を引卸した」時に吹き込んで来る隙間風は、俳句によって表現できるものではない。放蕩の結果として、妾からも、娘からも取り残される主人公の佇まいは、小説によってしか描くことは出来ない。

と言うのも、娘の父親に対する思い遣りと、甲斐性のない旦那を叩きだす妾という、市井にいくらでもある身の上を、「不思議だ」と問わねばならない主人公の存念は、荷風の儒者めいた口吻や文明批評よりも数等倍複雑であり、また去っていく娘に対する感情を、荷風の血族への憎悪や不信、個人主義に立って解釈することは出来ない。何年ぶりかで再会した親子が、共に底辺にいるという設定は悲惨だが、また「それだから、斯うしてお前と話もしてゐられる」ことも事実である。孤独な主人公にとって娘との再会は喜ばしいことであるが、それは彼を少しも救わない。『雪解』に込められた様々な感情や存念は、小説という重層的で構築的なジャンルによってしか表現し定着しえないものである。

『雪解』の結末は、そのまま『つゆのあとさき』の結末とつながっている。『つゆのあとさき』の末尾で、「虚榮と利慾の心に乏しく、唯懶惰淫恣な生活のみを欲してゐる」カフェの女給君江は、昔羽振りがよかった時に自分を可愛がってくれた男が、「遣ひ込みの悪事が露はれて懲役に行」き何処にも行き場がなく街路を彷徨しているのに出会い、自室に招いて歓待する。零落した男に、ふしだらな女性が報恩するという図式は、『雪解』と同様だが、『つゆのあとさき』では男が、その一夜を今生の思い出にして自殺してしまう。『雪解』で暗示されていた蕩児の末路は、『つゆのあとさき』で決定的な結論を迎えるが、これは教訓でもなければ自省でもない。いかなる結末が待っていても、蕩児は遊戯に嵌まっていくし、何によっても止めることは出来ない。放蕩は、聖職や教師といったある種の職業と同様に、それを辞める時が人生が終わる時なのである。そのような「不思議」さを、荷風は不思議のままに示している。

だが放蕩には、自殺よりも暗い深淵がある。私娼とヒモの生活を描いた『ひかげの花』は、放蕩の行く末を、さらに深く、低い場所へと押しすすめた。

『ひかげの花』は、正宗白鳥や小林秀雄といった目利きに絶賛され、玄人が推す荷風作品の一つである。その点については私も異論がないし、荷風第一の作品だと思う。同様の趣向を選びながら登場人物が多く、筋も錯綜する『つゆのあとさき』より、完成度も高い。

私が『ひかげの花』において諸家に異論があるのは、この小説を一種の風俗小説として見なしている点である。

野口冨士男氏のように疑念を呈する論者があるものの、その人物像はともかく、生活のディテールが実在の私娼黒澤きみに拠っていることは、「彼の女の生涯をモデルにして長篇小説を作らむ」という『断腸亭日乗』昭和九年三月四日の記述や、また『日乗』の黒澤関係の記事と小説の細部の一致（例えば『日乗』昭和九年正月十四日「夜黒澤おきみと銀座にて邂逅し淺草公園を歩み、入谷へ通ずる新道路に出で、おきみの間借をなせる硝子屋の店先にてわかれたり。」という記述が、『ひかげの花』の「太田ツて云ふ硝子屋の二階だ」に反映している）によって、疑い得ない。その点からすれば、『ひかげの花』が私娼という当時の風俗を克明に写した小説であるという見方に、問題はないようだ。

私見によれば『ひかげの花』は、風俗を写すことを目的とした小説ではなく、実在の私娼とその情夫の存在からインスパイアされることで成立した、荷風放蕩小説の到達点なのである。つまり『ひかげの花』は、『妾宅』の後日談であり、完成なのだ。

私が云う「完成」とは、荷風の遊蕩が『妾宅』のモデルとされている洗練された新橋芸者八重次から、「稀代の婬婦にて男二人を左右にねかし交る〳〵に其身を弄ばせてよろこぶ」私娼黒澤きみへと堕落し、低徊したという事を云っているのではない。

『ひかげの花』で描かれる、私娼と情人の生活は、「現代生活の假面を成るべく巧に被りおほせるために」、「昔より大隱のかくれる町中の裏通り、掘割に沿ふ日かげ」に設けられた「心の安息所」であった『妾宅』の論理の、行く所まで行き着いた地点である。

「恥づべき事をも恥とは思はぬ」品性をもつ女性に依存し、煙草も酒も呑まないつましい生活ぶりは、考えられる限り社会的にも道徳的にも、最も低い場所であり、国家や世間、「名譽と品格ある人々」と何処までも無縁な生活である。だがこのような此れより下はないような低さだけが、白鳥の指摘した「をり〳〵の安らけきのびやかな生氣」を作りだしているのではない。『ひかげの花』のヒモとしての生活は、その不道徳さと、世間からの脱落と、「自分と同棲してゐる女が折々他の男にも接觸するといふ事實」から喚起される「情慾」が一体になり、遊蕩を巡る全ての背徳的要素が、かつて「掘割に沿ふ日かげの妾宅」を飾った「石州流の生花」や「極彩色の豊國」、「朱の溜塗の鏡臺」等の調度が造りだした以上の、調和を奏でているのだ。その点において『ひかげの花』の間借りの生活は、『妾宅』における美的・趣味的生活の完成であり、その美意識は凡俗の追随しえない「高み」に達している。

それゆえに「人間もかうまで卑劣になつたらもうお仕舞ひだ」というような境地で、同棲相手に客を取らせながら、みずから家事万端を買ってでる主人公重吉は、荷風自身の投影でなければならない。それは「むかしの友達や何かには日頃から逢ひたくないと思つてゐるので、停留場の人立が次第に多くなるのを見ると共に、こそ〳〵逃げる」といったヒモの生活の細部が、荷風自身の性癖から類推されるからだけではなく、「懶惰卑猥な生活」こそが、荷風の理想であるからだ。

この「理想」は理論として抽象される訳ではなく、私娼の暮らし振りとして、小説によってしか叙述し仮構し得ない。だが、理想の暮らしを小説で作り出すだけならば、『妾宅』の方法論と変わらない。『ひかげの花』が、荷風第一の作品である所以は、私娼の暮らしの論理が、一種の世界観にまで展開されている点だろう。荷風はそのために、小説の後半に今一人の自己の投影である、「骨董の鑑賞と讀書とに獨善の生涯を送つてゐ」る資産家塚山を登場させる。

小説の末尾で私娼千代は、娘おたみと再会するが、娘もまた母と同様、私娼になっている。

生き別れた母と娘が出会った時、両人が二人共に私娼という「ひかげ」の身に堕ちていることは、世間の常識で言えばこれ以上悲惨で、哀れなことはない。だが塚山は「あの娘は盗癖があるかと思つてゐたが幸にさうではないらしい。萬引きや掏摸になられては厄介だが、あのくらゐのところで運命が定まればまづいゝ方だらう。」と言って弁護士と笑い、「溝川を流れる芥のやうな、無智放埒な生活を送つてゐる方が、却て其の人には幸福であるのかも知れない」と言う。そして実際母親は娘が私娼だと知り、「自分と同じ日蔭の身だといふ事を考へると、慚愧の念よりも唯無暗に懷しい心持が」するし、娘の方では「ほんたうの母がわたくしと同じやうなことをしてゐる女だと知つた時、わたくしは悲しいと思ふよりも、嬉しいと云つては變ですが、何だか親しみのあるやうな心持がしたのです。」

と語る。

こうした言葉を、彼女らに語らせる作者の意図は、私娼の観察や、また共感に由来するのではない。私娼になった母娘が互いの境遇を慶ぶという結末は、荷風の反世間的な人間観、世界観を如実に表すとともに、最も哀れであるべき人々の不幸を楽しみ、彼らの人生を弄び、踏みにじる快楽を露わにしている。『ひかげの花』において、荷風は世間への軽侮を快楽に結びつけた。だがこの蔑視と快楽は、彼をして情夫重吉であると同時に資産家塚山たることを許す、小説の中でしか実現され得ないものである。

三

放蕩が、最終的には弱者の嗜虐に至るという考え方は、既に十八世紀においてマルキ・ド・サドの小説がそのあらゆる側面を吟味し解釈している。二十世紀に入ってからは、自ら「女たちに覆われた男」と称したドリュ・ラ・ロッシェルが、放蕩に明け暮れた毎日がファシズムに決着する経路を示した。

放蕩が、弱者の支配、あるいは虐待に至らざるを得ないのは、放蕩が認識の営為であり、そしてその認識はギリシャ的な光輝から頽落した後には、生の倦怠と無価値の認識にほかならないからである。その倦怠の中で、最もかけがえのない富である肉の娯しみを浪費する事は認識の冒険であり、それは同時に社会的な通念から至上の倫理までを破壊するさらなる認識へと誘われる。

現在、放蕩と支配の関係を最も明晰に意識している作家は、村上龍氏だろう。『テニスボーイの憂鬱』では、土地成金の息子であり、何もしない訳にはいかないので仕方なくステーキハウスを経営し無為に暮している主人公が、テニスと情事という遊蕩を通して世間に対峙し他者への支配を獲得する様が書かれている。彼はテニスの論理で、広告代理店の男に切りつけ、自身の優越を確認する。「代理店の小男は顔に汗を搔いて、首から紫色のスカーフを抜きとった。ひどく困った表情だった。慌ててどもったりした。よしファーストボレーは深く入ったぞ、テニスボーイは優位に立ったと確信した。(中略)代理店の小男はついにバックスキンの上衣を脱いだ。下腹が出ていた。ベルトの上にたるんだ肉がせり出している。何だこいつはアホか、とテニスボーイは優越感に包まれた。この腹はなんだ色も青白いしテニスなんかやってねえなテニスもやってねえくせにナイキのサービスなんか履きやがってアホだな」。

遊蕩によって世間と渡り合う術を知った主人公は、レストランの経営で成功を収め、支店を展開して周囲から尊敬を受ける。だがそれは彼にとって何の意味もない。「どうしてみんな勘違いするのだろう、とテニスボーイは思う。俺はただ愛人と会う時間と金を作るために仕事をしてるだけだ、ステーキ屋なんかいつ潰れてもいい、（中略）とにかく俺は立派な経営者なんかじゃないし、第一経営者なんてガラでもないし、向いていないはずだ……。（中略）そうだ、女が教えてくれるのだ。女と一緒の時間が、一番大切なことを教えてくれる。（中略）いつもキラキラしていろ、他人をわかろうとしたり何かしてあげようとしたり他人からわかって貰おうとしたり何かしてもらおうとしたりするな、自分がキラキラと輝いている時が何よりも大切なのだ、それさえわかっていれば美しい女とおいしいビールは向こうからやって来る」

現実を遊びが覆い、あらゆる因果関係が誘惑の論理にすり替えられる放蕩の支配が、一種のファシズムに向かうのは当然である。だが『テニスボーイの憂鬱』に引き続いて執筆された、『愛と幻想のファシズム』は、前作の快楽の論理を引き継がず、適者生存の論理を導入したために、ファシズム小説にならなかった。『愛と幻想のファシズム』の日本よりも、「コートには何一つ余分なものはない、とテニスボーイはいつも思う。ラインとネットとボール、そして向う側に立つ優しい敵、これだけ簡潔に美しく人生を過ごせたらどんなにいいだろう」と云う『テニスボーイの憂鬱』の遊戯の帝国の方が、より本質的にファシズム的であり、また小説的である。

『テニスボーイの憂鬱』で主人公は、父親が所有していた雑木林が住宅地として開発されたために、突然に一生働く必要のない金を得て、今まで諦めていた現世の総ての快楽に手が届く者として、その快楽のただ中に放り出され、放蕩を続けるうちに否応なく、何が真に自分にとって貴重なのか、何が人や世間を動かすのか、何が女性を引き付けるのかを尋ねざるを得なくなる。彼は自分に放蕩が課せられていることを、明確に意識させられてしまう。「あしただけは雨が降ってくれないかなあ、そしたらテニスをせずに済むのになあっていつも言ってるのよ、ゆううつだゆううつだ」。にもかかわらず、蕩児はテニスをしなければならず、女と待ち合わせをしなければならず、浮気をしなければならない。『テニスボーイの憂鬱』は村上龍氏にとって最高の作品であるだけでなく、荷風以降まず第一に指を屈するべき、正面から放蕩の真実と取り組んだ日本の小説である。

近年の村上龍氏の作品は、抑制を欠いた欲望の吐出にすぎないという印象を受ける。荷風作品と比べて甚だしい違いは、荷風が生涯を通じて下降しよう、落ちぶれようとしてきた（何しろ晩年には文化勲章を貰う程落ちぶれたのである）のに対して、村上龍氏は徹底して上昇志向であり、劣等感が快楽と緊密に結ばれている。氏は性欲と同時に政治権力を求め、あらゆる陶酔の技術を試みる。その貪欲さのために村上氏は、欲望のスキャンダリズムに陥っている。しかし、女性の体を電気ノコギリで切ることが、そんなに大変な事なのだろうか。人類は快楽のために、人間をも牛馬のように消費してきたのであり、その程度の趣向はサドを待たなくても、有史以来いくらでも試みられている。荷風の冷酷さの方が、村上龍氏の秘密ＳＭパーティーの数層倍残酷で華やかではないだろうか。

現在村上龍氏の丁度対極に位置するのが、田口賢司氏の作品であろう。田口氏の作品で扱われる都市の様々な遊蕩は、村上龍氏の作品世界と変わらないにも拘わらず、その情景は異様な程の抑制と無感動に貫かれている。「ある夜／午前2時のTV。マイクを持った女の子がトーキョーの街を歩く。古い石造りの銀行を改造したレストラン、『廃墟の原子力発電所をモチーフにした』ナイト・クラブ、天井に木星の巨大なホログラムが浮かぶイタリア人デザイナーのブティック……ここも行った、あそこも行った、女の子はカメラに向かって語りかける。／私はありとあらゆるところへ行った。もう行くべきところは何ひとつ残っていない。」(『ボーイズ・ドント・クライ』)

村上龍氏が、驚かそうとして努力しているとすれば、田口氏はあらゆる出来事を、モノトーンで「おきまり」の「まあまあ」な「こういうこと」に閉じ込める。田口氏は、全ての事件を、「ある夜」にあった月並みなエピソードにする。「ねえ、たいしたことって何なのかしら？　どんなことがたいしたことなの？」

その点からすれば、田口氏の作品を覆っているのは抑制ではなく、一種の憎悪、あまりにも激しいために傍からは凍りついた無感動のように見える憎悪なのである。ニル・アドミラリは昔からダンディズム第一の戒律だが、田口氏は生々しい快楽や歓びを禁じられながら、毎夜毎夜、情事を行い、パーティーに赴く人々を描く。氏の小説は、憎悪に支配された、放蕩者たちの強制収容所なのだ。そこでは、最早「なぜ」私たちは遊ぶのか、と問う事さえ禁じられている。田口氏の小説は、私たちが「トーキョー」の「ある夜」に捕らわれた終身懲役囚であることを教える。

四

私たちは、生きている限り、毎夜愚行を重ねなければならず、そしてなぜこのようなことを一生の仕事にしなければならないのか、問わざるをえない。そしてその問いに答える試みは小説にしか叶えられない。

放蕩小説は、弱者を虐げ、束の間の快感のためにかけがえのない価値を踏みにじり、ついには何も感じなくなりながら猶止まる事の出来ない放蕩者を、すべての救いを禁じたまま肯定する。ピンダロスの、筋肉と黄金を身に纏った勇士たち。体も心も瓦礫の私たち。その小説だけが、「溝川を流れる芥のやうな」私たちに「キラキラと輝いている時」を恵む。

II

芥川龍之介の「笑い」——憎悪の様式としてのディレッタンティスム

何故、近代文士の自殺は、敗北や破綻として示されるのか。

エンペドクレスに遡る迄もなく、我が国でも中世以来、自裁は命運を自力で決着させる意志の強さと精神の平静の証だった。だが今日、クライストやネルヴァル、あるいは太宰治や川端康成の自殺を、われわれは破滅と考えている。

こうした嗜好には、近代文学の根本に関わる極めてファタアルな何か、が反映しているに違いない。

芥川龍之介は、この勘所を実にうまく捕まえていた。『河童』の中で、「旺盛に生きよ」と命ずる「生活教」の聖徒に、ニーチェやストリントベリィといった落伍者でありながら自殺未遂の文士が擬されている所など、その最たる物だ。彼は「文学」と「人生」と「破綻」を巡る微妙な三角関係を知悉し、自らの作品と死でそれを執拗に弄んだ。

世界文学の点鬼簿の中でも、芥川ほど自殺を楽しみ尽くし、未だにその快を貪っている作家はいない。

彼の死を「敗北」と解釈するのは、愚かというより人が良い。この自意識が強いことで令名を馳せた作家は、わざわざ遺稿として用意した作品（『或阿呆の一生』）の最終章を「敗北」と題している。韜晦を認める必要はないとしても、テクストに関わる虚実の両義性を忖度しないで、額面通り「敗北」として片付けるのは、怠慢のそしりを免れまい。

といって、進藤純孝氏の言うように、彼の死を「勝利の盾」として示すのもどうだろう。彼の死は、生きることを「人生」の勝ち負けに還元する「文学」のカラクリを、明らかに踏まえている。文芸に携わることが、いつのまにか文学者として生きることにすり変わり、そして文学者として死ぬことを強いられるこのカラクリに、芥川は自ら嵌まった。

∴

我ながら不謹慎だと思うが、芥川の知友が、彼を悼み回想する文章を読む度に、どうしても込み上げて来る笑いを抑えられない。

個々の文章が真率であることは否定のしようがないのだが、文章が真面目であればある程滑稽にならざるを得ないような仕掛けが、芥川龍之介の自殺には施されている。

その「仕掛け」は、簡単に言えば自殺を巡る様々な出来事が、芥川の作品の中であらかじめ先取りされている上に、事細かに戯画化されていることにある。

例えば遺稿として残された『闇中問答』で、「或聲」が「お前は資産を持つてゐたらう?」と責めるのに対して、「僕」が『近代文藝讀本』の印税を引き合いに出して「いつでもお前に用立ててやる。僕の貰つたのは四五百圓だから」と応える。『近代文藝讀本』は、芥川が大正十二年に中学生向けの副読本として編集した同時代作家のアンソロジィである。芥川は細かく気を遣って百三十余人に及ぶ作者を取り上げた処、一人当りの印税が少なくなり、逆に作家から不満が興り、編纂者が不当に儲けたと噂された件に因っている。十円程の事で彼をそしった作家たちは、これを読んでさぞ寝覚めが悪かったろう。

こうした悪戯の白眉は、『河童』の中に書かれた詩人トックの自殺である。

河童の詩人が頭の皿を拳銃で撃って自殺したという知らせに、哲学者や音楽家といった知友が「トックの家へ駈けつけ」る。そして彼らは口々に「トック君は我儘だつたからね」「元來胃病でしたから、それだけでも憂鬱になり易かつた」「何しろあとのことも考へない」「トック君の自殺したのは詩人としても疲れてゐたのです」等と分析する。そして実際に、久米正雄、菊池寛、谷崎潤一郎、佐藤春夫といった日本近代文学の立役者たちが、自殺の報に倉皇と駆け付け、『河童』に描かれた戯画を演じた。

彼らは争って、真情に溢れるオマージュを芥川龍之介に捧げ、その才を惜しむアダージヨを奏でた。もしもこの劇が芥川によって企図されていたことを意識した作家がいても、わが国の風習からすれば逃れる道はなかった。「すると僕等を驚かせたのは音樂家のクラバックのおほ聲です。クラバックは詩稿を握つたまま、誰にともなしに呼びかけました。／『しめた！　すばらしい葬送曲が出來るぞ。』」

芥川は、ドタバタ芝居の筋書きを作っておきながら、親しい友人に真剣な相談をもちかけ、悩みを打ち明けて回り、形見や色紙を配って歩いた。それは、書かれるべき追悼の言葉を引き出し題材を与えることに外ならなかった。何という陰鬱な楽しみだろう。こうした娯楽を、自嘲やカリカチュアと呼んでいいものだろうか。

少なくとも『河童』は自嘲の作品ではないし、文明批評といった穏健な作でもない。『河童』は直接的な憎悪を基調とした作品であり、罵りが快感をもたらし「欝を散じ」ている、わが国では類例のない作品である。「出て行け！　この悪黨めが！　貴様も莫迦な、嫉妬深い、猥褻な、圖々しい、うぬ惚れきつた、殘酷な、蟲の善い動物なんだらう。」ここには、セリーヌやL・ブロワを思わせるような罵倒のリズムが息づいている。

妊婦の生殖器に口をつけて、胎児に生まれたいかと尋ねる儀式、失業した労働者をガスで殺して食用に供する職工屠殺法、悪遺伝を撲滅するために不健全な結婚を推進する遺伝的義勇隊といったエピソードは、風刺でもなんでもなく、悪意に満ちた世間への憎悪の表明であり、取りつく島もない嘲笑である。「たとへば我々人間は正義とか人道とか云ふことを眞面目に思ふ、しかし河童はそんなことを聞くと、腹をかかへて笑ひ出すのです。」『河童』の憎悪を、われわれが自嘲と見做すのは、この嘲りが自分に向けられていることを認めるのが恐ろしく、また真摯な敵意がもたらす爽快感に耐えられないからである。

芥川の作家としての最も重要な特質は、彼がこうした読者や周囲の甘えを予測していただけでなく、自ら仕組んでいる処にある。彼の作品は読者を甘えさせることで、読者を彼の描いた劇に取り込む構造を持っている。彼の枕元に集まった知友たちと同様に、彼の作品に感動するもしくはたかをくくる読者は、芥川龍之介によって仕組まれた筋書きの中で静かに笑われている。

∴

少し前なので正確な経緯は忘れてしまったが、ある中学校用教科書が『トロッコ』を収録する時に、最後の一節を削ったことがあった。

結末に書かれている主人公の感慨が中学生には理解できない、といった理由で削除され、その後新聞等で、理解できる、出来ないといった議論が展開された。

しかし、今思うと、この件は、教科書会社の編集部に多少文芸に心得のある人が居て、思わず朱筆を振るってしまったというのが真相ではないだろうか。

「良平は二十六の年、妻子と一しよに東京へ出て來た。今では或雜誌社の二階に、校正の朱筆を握つてゐる。が、彼はどうかすると、全然何の理由もないのに、その時の彼を思ひ出す事がある。全然何の理由もないのに？――塵労に疲れた彼の前には今でもやはりその時のやうに、薄暗い藪や坂のある路が、細々と一すぢ断続してゐる。……」たしかにこの一節は余計である。作品の「意図」は明確になったかもしれないが、「意図」といった代物が跋扈したために感興は矮小化され、読者の自由は束縛される。ありていに言えば、最後の一節によって『トロッコ』は通俗読物に堕している。

芥川龍之介には、自から縊れているような作品が枚挙に遑がない。結末に余計な一章を付けられている『舞踏会』や、『蜜柑』の「私はこの時始めて、云ひやうのない疲労と倦怠とを、さうしてまた不可解な、下等な、退屈な人生を僅に忘れる事が出來たのである。」という最後の一文によるぶち壊し、また『鼻』や『一塊の土』に代表されるような心理のくどい説明。

これらは、芥川龍之介が「知的」作家にすぎない証しであり、作意を明確に示そうとするために、作品の幅を狭めてしまった等と語られてきた。今日芥川龍之介の評価が相対的に低く、初心者向きや教科書用の作家として遇されている所以である。

だが芥川龍之介の作品にあまねく見られる、一連の興醒めが、資質の偏りや限界のためであるとは、私には思われない。

営々と巧みな記述で構成してきた「トロッコ」を巡る誘惑と興奮と失寵の劇を、一瞬のうちに矮小化してしまうのは、彼にとって「文芸」の本質が表現ではなく、表現への憎悪に置かれていたからではないだろうか。

芥川龍之介にとって文芸とは、「我々の生《ヴィ》のやうな花火」の「悲しい氣を起させる程それ程美しし」い様を示すことでなく、「我々の生」を否定しその「美し」さを壊すことでないのか。

例えば『秋山図』のような作品は、何に向けて書かれているのだろうか。

王煙客、王廉州、王石谷、董其昌といった南画家が幻の山水画を巡って登場するこの小説は、芸術の理想に関わる「神韻縹渺たる作品」ではない。

宋文の書き下ろしのような、悪凝りした古漢語交じりの叙述と、故事の考証を展開しながら、芥川は南画の風韻や鼓動を、そして「気韻生動」といった芸術的な信仰を秘かに殺している。

芥川にとっての小説作品は、みずからの「文学者」としての人生をも含む「文学」全体を否定する場所に外ならなかった。

芥川龍之介はけして正面から否定をしない。彼はこの世のあらゆる価値を認め、真価に触れ、鑑賞し、賛嘆し、信仰する。彼はすべての芸術家の知己であり、思想の同伴者であり、信仰の理解者である。

すべてのかけがえのない物を殺戮するために、彼は最高のディレッタントを志さなければばならなかった。まごうことなき尊敬の唯中で、しかも極めて微妙かつ念入りな方法で、彼は処刑を執行する。

この方法を彼は、みずから「剝製の白鳥」(『或阿呆の一生』四十九)として示している。彼にとっての文芸は、「剝製」を作ることに外ならない。彼の小説や評論は、文学の剝製である。

文芸の初心者や門外漢は、「剝製」を本物と思い息を呑む。一方の文芸通は、生命感が乏しいと嘲う。

しかし芥川の作品には、「生命」など最初から存在しない。「生命」を否定するには、殺すことでは十分でない。「生命」と寸分違わぬまがい物を作り上げ、その「剝製」を生々しく展示することで、「生命」はその価値を問われ、無意味さを露呈する。

そしておそらく、芥川の作品にだけではなく、この世のどこにも「生命」など存在しないのである。「文学」も「人生」も存在しないのと同様に。

∴

芥川龍之介は何よりも、自分自身を「剝製」として示した。読者に、批評家に、作家たちに、玩弄させるべく自らを作り上げた。

文学史家や評論家が扱い易いように、自分を時代の申し子、メルクマールとして見せる芥川の手腕は、心憎い程である。『玄鶴山房』の結末にリープクネヒトの名前を書き込み、レーニンと題する詩を残したことから、どれだけの「文芸評論」や「批評」が生まれたか分からない。

以来、宮本顕治氏、井上良雄氏の世代から、柄谷行人氏に至るまでが、ひどく便利に芥川を使い、プロレタリア文学の勃興や教養主義の終焉、大衆社会の出現、昭和文学のはじまりといった地点を示すために利用してきた。

「区切り」としての芥川の存在は、「歴史」上の一地点ではなくそこから展開される「プロレタリア文学」「大衆社会」といった概念の前提であり、その内実と説得力を支えている。

だがもしも意識的に演出された「文学者」の「人生」によって、こうした論理が支え得るのならば、多少のお膳立てさえあれば、歴史や理論、思想、発見はいくらでも作りだしうるのか。

然り。文芸上の理論や見解はいくらでも生み出せる。

なぜならそれは「剝製」にすぎないからだ。

そして、そこにはただ、取り返しのつかない何かだけが欠けている。芥川龍之介は、みずからを犠牲にして「文学」を創造した。

すすんで評論家の踏み台になり、文学史的言説の枕言葉になること、つまり「文学」の犠牲になることは、文学のレゾンデートルを自ら所有することに外ならない。

T・ウィゼワは、従来の宗教とキリスト教との画期的な相違を、キリスト教では捧げられるいけにえ、つまりイエスが自ら進んで犠牲になったことに求めている。キリスト教とは、望んで犠牲になった者が、神になり天地創造を司る宗教である。

芥川龍之介はキリストの「剝製」であり、今日の「文学」とは一種のクリスチャニズム、「剝製」によって彼岸にそそりたつ「神の国」なのだ。

∴

ジュール・ルメートルは、ディレッタンティスムを、「すべてを理解しようとする欲望」と定義したが、芥川龍之介のディレッタンティスムは、すべてを憎み、憎悪をすら「剝製」にしようとする「二重の憎悪」(『大導寺信輔の半生』)である。

憎悪を憎むことは、「愛」に似ている。

『蜃気楼』、『手紙』、『年末の一日』といった最晩年の作品は、「『話』らしい話のない小説」の代表作として、志賀直哉の『焚火』『真鶴行』等の影響を指摘されている。確かにこれらの小説は、小事件に由来する心理的静謐をテーマとしている点では志賀作品に似ている。だがこの類似は外面的にすぎない。『手紙』の結末近くには、沢蟹が怪我をした仲間を引きずって行くのを眺める場面がある。こうした観察から「いつにない靜かさ」を感じる経緯は、『城の崎にて』の蠅の死骸のもたらす明澄さと同一の如く思われている。しかし蟹の姿が芥川龍之介の心に平穏をもたらすのは、蟹が「怪我をした仲間を食ふ」からである。同様に『蜃気楼』の一行は水葬の木札を拾って愉快になり、『年末の一日』では、「多少押してやるのに穢い氣も」する胎盤や胎膜を積んだ箱車が、生命感を回復させる。

誰もが目をそむける忌まわしい光景を彼は「愛」し、慈しみ、笑う。『地獄変』において良秀は、「かいなでの繪師には總じて醜いものの美しさなどと申す事は、わからう筈がございませぬ。」と云う。「親指に針金のついた札をぶら下げた」死体や、震災の「炎天に腐つた死體」の「熟し切つた杏のやうな匂」が、彼を陽気にさせる。なぜならば、彼はこの忌まわしい「世界」の造物主であるからだ。あらゆる美しい物を受容するディレッタントだった彼は、いかなる醜い物をも「愛」しうる「神」の「剝製」になった。

こうしたアガペーの横溢する「自殺」前の作品は、曰く言い難い味を持っている。披露宴で洋食を食べる羽目になった若妻のストレスを描いた、一見気楽な『たね子の憂鬱』にも、女主人公の啜る番茶に浮かんだあぶらが鉄道自殺者が線路に残した眉毛の形に見えるという結末に、不吉な可笑しみがある。

ここで芥川はすでに「天上」から笑っているようだ。

その笑いは今も続いている。彼をめぐる喜劇の一幕として、企まれていたに違いない。

∴

「神々は死んだ。神々は笑いすぎて死んでしまったのだ。」

精神の散文――佐藤春夫論

志賀直哉、芥川龍之介、佐藤春夫らの大正作家たちには、各々鉄道を主題とした短編がある。

志賀直哉の『出来事』は、夏の午後の暑さで半睡の状態にあった車内が、電車が子供を撥ねたのを契機に（子供が無事だったせいもあり）、急に生き生きした「快い興奮」に満たされる経緯を書いている。

一方芥川龍之介の『蜜柑』は、横須賀線で乗り合わせた小娘の、「愚鈍」で「不潔」な様子に不快と怒りを覚えた「私」が、娘が窓を明けたために煙りにまかれて「息もつけないほど咳き」込んだ時に、線路脇で見送る弟たちに娘が蜜柑を投げ与えるのを見て「ある得體の知れない朗らかな心もち」を覚える話である。

高橋英夫氏が指摘したように、志賀直哉にとって踏切や停車場、市電、機関車といった事物は特権的な存在である。小説に生々しく現れる鉄道との接触をきっかけに起こる衝突や誘拐、突き落しといった事件は、作家が無意識の次元でいかに近代文明と対峙したかを示している。その点からすれば志賀だけでなく、芥川や外の作家についても、鉄道への心理的姿勢から特性を窺う事が出来るに違いない。実際芥川は『蜜柑』において神経の緊張と、認識による解消を描いている点で、作家としての資質をよく示している。

では、『出来事』や『蜜柑』の隣に、佐藤春夫の『蝗の大旅行』を置くと如何なる相貌が見えるか。

佐藤の作は、「僕」が、台湾の登山鉄道に乗り込んで来た田舎紳士の麦藁帽子の上に蝗を発見した処から始まる。「僕」は、蝗は帽子から「青天鵞絨の座席」の上に飛び移り「行儀よく」乗っているのを見て「笑いころげたい気持」になり、蝗がどこまで何の目的で行くのかと想像する。その裡、蝗にとってこの旅行は大旅行だろうが、同様に自分にとって東京から台湾へ来たのは大旅行である。それもまた「人間よりもっとえらい者」から見ればささいな移動に過ぎないのではないか、「僕らが汽車と呼んでいるものとても、ひょっとすると、僕らには気のつかないほど大きなえらい者の『田中君の麦藁帽子』かも知れたものじゃない。……」

旅行先という解放感があるにしろ、佐藤の闊達さ、陽気さは印象深い。志賀直哉には不気味な衝動を昂進させる列車の加速が、佐藤には想念を次から次へと生み出す運動を導き、遂には鉄道や蝗を離れて宇宙的な認識に駆け昇らせる。

志賀直哉が無意識の作家であり、芥川が神経家であるとすれば、佐藤春夫は何よりも精神をもっている、と言うべきだ。

∴

佐藤春夫において、帽子の上の虫と云うイメージは、大正十五年に書かれた短編が最初ではない。

既に『田園の憂鬱』で佐藤は書いている。「或る時、彼はそれと同じやうなことを考へながらその虫を見て居るうちに、ふと、シルクハットの上へ薄羽蜉蝣のとまつて居る小さな世界の場面を空想した。あの透明な大きな翅を背負うた青い小娘の息のやうにふはふはした小さな虫が、漆黒なぴかぴかした多少怪奇な形を具へた帽子の真角なかどの上へ、頼りなげに然しはつきりととまつて、その角の表面をそれの線に沿うてのろのろと這つて行く……。（中略）

何故に彼がシルクハットと薄羽蜉蝣といふやうな対照をひよつくり思ひ出したか、それは彼自身でも解らなかつた。唯、さういふ風な、奇妙な、繊細な、無駄なほど微小な形の美の世界が、何となく今の彼の神経には親しみが多かつた。」

此処で私は、『蝗の大旅行』が作り事であるとか、あらかじめ見られた夢であると言いたい訳ではない。佐藤春夫が何を見るのか、何に出会うべくして出会うのか、という事態に彼の精神の性格が垣間見られる。其れは「帽子」と「虫」の象徴ではない。意味や論理に先立つ、見る事、見て発想する事から「微小な形の美の世界」を構成していく言葉と視線の運動が、決定的に春夫的なのである。

「ボードレール風の〈近代的倦怠〉は、佐藤春夫によって初めて日本の文芸の裡に移された」（須永朝彦氏）という規定は精確なものである。だが『田園』以下の作品が、倦怠や退屈の表現足り得るためには、描写や叙述が、話者の精神の反射として、世界の姿を写すのでなく、世界精神の反映として構成し創造し得るような文が必要だった。

「田の面には、風が自分の姿を、そこに渚のやうな曲線で描き出しながら、ゆるやかに蠕動して進んで居た。それは涼しい夕風であつた。稲田はまだ黄ばむといふほどではなかつたけれども、花は既に実になつて居た。さうして蝗がそれらの少しうな垂れた穂の間で、少しづつ生れ初めて居た。蛇苺といふ赤い丸い草の実のころがつて居る田の畦には、彼の足もとから蝗が時折飛び跳ねた」（『田園の憂鬱』）。こうした叙述が話者の心理の反映と成る為には、機敏な視線の移動や外界を輪郭鮮やかに把える語彙と共に、見る事と語る事の交錯を貫き、双方を動かしていく生き生きとした感じが必要なのである。自由で、柔軟で精彩に富んだ感触が、何よりも其処に話者の精神を実感させ、読む者に理解するより先に浸透する。

此の「感触」が示しているのは佐藤春夫が、正岡子規以来の写生文の文脈を覆したという事ではない。

写生の問題について私は既に一度論じたが（『日本の家郷』）、如何なるリアリズムも、対象としての「現実」に先立つ、趣向なりイデオロギィなりといった認識の枠組みを背負っている。その点からすれば、総ての写実は、心理、思想的内面の外界への投射に過ぎない。一度その投射が、一つの「現実」を確立すると今度は心理が「現実」に拘束されるがために、確固とした「現実」が実在するかのように感じられるだけだ。

佐藤春夫は、唯写実に先立つ「趣向」に意識的であっただけでない。佐藤は自らの精神の流れに即した「小世界」を作り上げ、自ら作った世界の支配を受けずに文章が変容し運動し続けられるようにした。

佐藤の試みの性格は、例えば『李太白』のような作品を同趣の石川淳の『おとしばなし』や短編と並べれば明らかになる。佐藤も石川も奇想を連ねて、荒唐無稽なドラマを語っているのだが、佐藤の其れにくらべて石川淳は捏ね回された作り物、贋金という印象を拭い難い。石川作品の場合、筋の発展が先ず知的に発明されたものであり、それを支えるディティールや考証も相俟って、洒脱な表面と裏腹に文脈は重く堅い。一方佐藤春夫においては、筋は無邪気に思われる程無抵抗に、自在に発展していく。文脈の繋がりが、一方向へと収斂し発展を拘束するのでなく、進むにつれてより自由に闊達になって行く。『F・O・U』冒頭の一節は、佐藤春夫的論理を見事に要約している。「彼は立ちあがり際に、もう一度、マドレエヌ寺院の大円柱の列と大階段と、またその側の花市場とに、影と日向とが美しく排列してゐるのを一目に見渡してから、旗亭ラリュウから出た。すると、表口に、素晴らしい総ニッケルの自動車が、彼の哀れなシトレインのそばに乗り捨ててあるのを見出した。／さつきまでは無かつた車だ。／目のさめるやうなロオルス・ロイス号であつた。／形は何といふか未だ一度も見たこともない。／どこもかしこもキラ〳〵と耀いてゐる。／彼はそれへ乗つて見たいと思つた。そこで彼は乗つた。それから把手《ハンドル》をとつて、車の向いてゐる方向へ進めた。」

　勿論、此れを「論理」と呼ぶのは適当ではない。作者は「彼」を狂人としているが、如何にも佐藤春夫的な無頓着な遣り方であって、この狂人は佐藤作品の話者たちと寸分違わない発想をしている。佐藤春夫の文章とは「総ニッケル」の「ロオルス・ロイス号」のような物である。

　佐藤春夫が、文章上の信条を、「しやべるやうに書く」事に置いていた事は、谷崎潤一郎が『文章読本』で紹介したためもあって有名だが、この方法論はシュール・リアリズム風の自動筆記ではないし、また言文一致的理念の追求とも違う。それが一面で極めて意識的な方法論であることは「そこで僕もしやべるやうに書くと云つてしやべるとほりに書くとは言はない」とする発言に鮮やかである。

「しやべるやうに書く」事の目的は、文章の発展を拘束しない、自在さの確保に置かれている。中村光夫との論戦の中で、「しやべるやうに書く」事を「放言」と非難された春夫は「僕のなかにはどうやら何か手に負へない自制力の無い魔が棲んでゐるらしい。」と答えているが、この自制という操作がない「余情ならぬ過剰」（「うぬぼれかがみ」）に徹して、饒舌に開け放しな話言葉のように、拘束されておらず知的な整理も加えられていないという印象、感触を読者に与えるために「しやべるやうに書く」。

そこから文章には何とも言えない、自在で拘りの無い感触が生まれる。

佐藤春夫が「散文精神の芸術」の本質を「混沌を混沌のまゝとし懐疑を懐疑のまゝとして投げ出し、しかも安然としてゐる」（「散文精神の発生」）事に見出しているのは、そのまま彼の文章上の信念を語るに等しい。

だが「しやべるやうに書」かれた文は、「混沌を混沌のまゝとし」ている為だけによって闊達な感触を読者に与えるのではない。

保田與重郎は佐藤春夫について「彼のモノローグは、すでにすべてが對話である。彼の言葉は試みがすでに抱擁として作用する」（『佐藤春夫』）と書いているが、此れはモノローグというより、文全般にあて嵌まる。佐藤の文章はすべて対話的であり、予め読み手の意識が織り込まれている。というのも「しやべるやうに書く」という事の今一つの性格は、話相手の反応を見、予め先取りすることで、その対話の場所と時間とテーマを相手と共有する事にあるからだ。その点で佐藤の文は、かなり巧妙かつ狡猾に読者を共犯関係に引き込む。「景色を言はぬと風情が浅い。なに、もつたいぶるのぢやない。」(『旅びと』)

自制を欠いた混沌にしろ、対話的な性格にしろ佐藤春夫の文が目指しているのは、一つの雰囲気、気分を上り立たせる事にある。一度その中に巻き込まれると、それは気分というよりも一種の持続——ベルグソンに云わせればエラン・ヴィタルとでも呼びそうな——純粋持続に巻き込まれ、思想や観念の敷居を超えて森羅万象を感じる事が出来、また遠い過去から未来、東から西へと何の距離感もなく一瞬にして移る事が出来る。

云わば佐藤春夫の「精神」の乗物として、というよりも「精神」その物として「しやべるやうに」文は書かれた。それは記紀万葉の一節を、十九世紀フランスの流行歌と連唱し、明末の悲恋を大正の倦怠と重ね合わせる時間と距離を問題にしない最高速の乗物だ。その疾走において、紛うことなく佐藤春夫は、近代日本の文学者の中で最も深く古代以来の根本情調に身を浸し、一つになったのであり、近代の果実をその持続の中に注ぎ込んだ。

佐藤春夫の作品世界は、様々なジャンル、設定、主題、手法に及び、混乱を極めている。しかしその混沌は、天空に撒かれた宝玉の混乱錯綜であり、個々の石はけして調和もしなければ一つの法則に従うこともないが、朧な光暈を醸し出しその全体を包む。

∴

中村光夫の『佐藤春夫論』は、現在読むと、戦後文学的に啓蒙色が強い——西欧的、特に近代フランス的な本格小説というジャンルの確立を要求する——のに驚かされる。と同時に、論争戦術の巧みさはともかくとして、肝心の処を見事に取り逃がしているのが、却って豪快に見えるほどである。中村は春夫が「芸術」を「秩序だてようとしなかった」事を批判しているが、何よりも秩序から逃れつつ、「芸術」を在らしめる、あるいは「秩序」と絶対に相いれない文にこそ、佐藤春夫の自由は懸けられていた。

また中村光夫は、『田園の憂欝』をはじめとする作品を、どちらかといえば詩であると断じている。だが『田園』以下の初期作品こそが、主題もなければドラマもない、観念もなければ内容もない、「思想として論じ切れぬものを創造」（保田與重郎）した、つまり小説という形式に独自の表現と効果を純粋に抽出した仕事なのではないか。「象徴主義の小説は有り得るか？」というジィドの問いかけに対して、『西班牙犬の家』を以て答える事に私は躊躇を覚えない。

佐藤の小説が如何なるものかは、『田園の憂欝』を『それから』や『かのやうに』と並べて見れば一目瞭然だろう。何れもアパシィの中で足掻く青年の倦怠や苦悩を扱っているが、漱石、鷗外の作品ではその事情なり原因なりが明示されている。だが佐藤春夫の場合は、倦怠の様態と雰囲気が書き込まれ、溢れているだけで「思想として」、知的に説明したり納得したり出来ないようになっている。

其れはけして佐藤が、自然主義的に境遇を書いたり、告白する事から逃避しているためではない。あらゆる説明の地平とは無縁な「精神」の蜃気楼として、つまり思想的社会的支えを排して小説世界を純粋に存立させるという、高度な創作意識からなされた事なのだ。『美しき町』は、佐藤春夫が作家として最も意識的に語った作品である。富豪の相続人を名乗る青年が抱いた、東京の真ん中に「百の家から成りたつ小さな町」を作る企ては、そのまま春夫の文業を語っている。「人々はその私の建てた家々をながめて、あんなところに住めたならばさぞよからうと思ひ、さうしてそれは住みたい人には誰でも住めると聞いて人々はびつくりし、併し、その家に住むことの出来る条件といふものを聞いて訝《いぶか》しく思ひ、さうしてその変人は巨額の尊い金を徒費して何のためにそんな町を建てたのだらう？私は人々の心にさういふ疑問を起させたい。（中略）わけても私は少年や少女たち、形は小さいけれども何等の成心もなしに物事をよく考へ、よく感ずることの出来る尊い人間たちが、その町を見たならばそれの美しさのために、たつた一目見ただけで、恰《あたか》も傑作のメルヘンのやうにそれが彼等の柔かな心のなかへ深く沁み入つて、終生忘れることの出来ない印象を与へ得るやうな町でありたい。」

「人々の心のなか」に町をたてようとする、この「奇妙な山師」の姿が示しているのは、小説がプラトニックな精神的建造物であるという事だけではない。佐藤春夫の文学の一種陰謀的な、というか共犯的な性格、相互に浸透し結びつく事によって、自在な精神が感電的に共有される場を作ろうとする意図が、明確に語られている。佐藤春夫の小説とは、読者の精神の中に「美しき町」を建設し、またその住人として住まわせる詐術の謂なのだ。その町とは、日本の文芸がその中で生きて来た持続であり、日本民族が育てて来た、思想や理屈では割り切れない部分——情操や感性の太く低い流れである。

∴

中村光夫の論文が端的に示しているように、戦後佐藤春夫は西欧的思想的文芸理論で割り切れない、「芸術家としての意志も知性もまったく感じられない」作家として排除された。谷崎潤一郎、芥川龍之介は勿論、川端、横光らにさえ一歩も二歩も譲るような位置に今日甘んじている。近代作家の特集を掲載している国文学の専門誌は、死後一度も佐藤春夫を取り上げていない。

其れでは現在の日本文芸に佐藤春夫の影は全く不在なのだろうか。一見何処にも居ないように見える。だが、例えば、村上龍氏、村上春樹氏以降の世代の作家たちの指向性には、佐藤春夫的なものを色濃く認める事が出来るのではないか。

その代表として考えるべきなのが吉本ばなな氏の小説だろう。吉本氏の作品は、或る種の気分、手触り、漠然とした感じを醸す事を目指して書かれている。確かに小説手法は、春夫と逆に手堅く同じアプローチを反復しているが、登場人物の自他浸透ぶりといいジャンルとしての小説が目指すものについての理解は、佐藤春夫と通底している。

その点からすれば、最も谷崎的な作家と見える村上春樹氏も『カンガルー日和』といった短編では、「雰囲気」以外の何もないような作品を書いている。

しかし「奇妙な山師」としての小説家像においては、島田雅彦氏に勝るものはないだろう。実際『夢使い』といった幾つかの長編は、『更生記』等と発想がよく似ている。文章も極めて意識的な未整理を誇っている。

島田氏が、同世代の作家と比べて抜きん出ている点は、パロディといった手法によりメタ・フィクションを試みても、仕掛けを設けるだけでは満足せずに、その仕掛けを壊し流動化せずにはおかない、手法や枠組みへの不信感を抱いている事だろう。悪意や創意を込めた作品の結構を自壊させるやり方は、また一つの「思想として論じつくせない」何かを創造する試みとも窺われる。

勿論彼らにしろ、あるいは田口賢司氏といった今日の佐藤春夫的小説家は、春夫の作品は一行も読んでいないかもしれない。しかし、あの精神の持続と繋がっている限り、その背後に「美しい町」の家々の灯が漏れ、あの調べが聞こえてくるのだ。

仕事は出鱈目ぢや。
金は無駄づかひぢや。
安つぽい象牙の塔ぢや。

命の堂々めぐりぢや。

(『厭世家の誕生日』)

水無瀬の宮から——『蘆刈』を巡って・谷崎潤一郎論

神護寺仙洞院で、頼朝像を見た時に覚えた震えは何だったのだろう、と私は時に思い返す事がある。文治四年に後白河法皇の行幸に際して描かれたと伝えられる、肖像画の迫真する実在感と、にも拘わらず非現実的な佇まいは、一体何に由来するのだろう。画家は一体どのような視角からモデルを凝視し、この顔を摑み取ったのか。モデルは如何なる時空に座を占め、何を見ているのか。

美術史は、似絵の発生は、藤原隆信、信実父子らの従来の職業絵師とは一線を画した、貴紳とも臨席し得る高位の名人の登場により可能となったと教えている。だが古代から天皇や高位の官人の肖像を持たなかった我が国に於いて、突然平安末に明澄な写実的肖像が現れた事は、身分秩序や宮廷芸能の変遷だけでは解釈出来ない。なぜ将軍や左右の大臣、或いは上皇が、突如自らの姿を描かせ、画像に見入り、縁者に贈る事を欲するようになったのか。肖像への意志が生まれる環境とは如何なる物だろう。

神護寺の伝承は頼朝像の作者を、藤原隆信と伝えて居る。一時期隆信の愛人であった建礼門院右京大夫は、当時の宮廷、貴族らの暮らしぶりを以下の如く記した。「おなじ人の、四月みあれの頃、藤壺にまゐりて物語りせしをり、権亮維盛のとほりしを呼びとめて、『このほどに、いづくにてまれ、心とけて遊ばむと思ふを、かならず申さむ』などいひ契りて、少将はとく立たれにしが、少し立ちのきて見やらるるほどに立たれたりし、二藍の色濃き直衣、指貫、若楓の衣、その頃の単衣、つねのことなれど、色ことに見えて、警固の姿、まことに絵物語いひたてたるやうにうつくしく見えしを、中将、『あれがやうなる身ざまと身を思はば、いかに命も惜しくて、なかなかよしなからむ』などいひて、／うらやまし　見と見る人の　いかばかり　なべてあふひを心かくらむ」(『建礼門院右京大夫集』)

それは平安文化の、これ以上は鮮やかに成れない程に紅葉した山渓を仰ぐような、「まことに絵物語いひたてたるやうにうつくし」い爛熟の季節であった。その煌きの中、「いふかたなくめでた」く「目もあやに見えさせ給」ふ姿にも、既に「いかに命も惜しくて、なかなかよしなか」ろうという発想が忍び込まないではいなかった。

平氏の公達や女房共は、無常という観念も感性も知らない。彼らは自らの美しさに戸惑い、酔い、そして華麗を凝視する間もなく、他愛なく滅びた。「また物へまかりし道に、昔の跡のけぶりになりしが、礎ばかり残りたるに、草深くて、秋の花ところどころに咲き出でて、露うちこぼれつつ、虫のこゑごゑみだれあひて聞ゆるもかなしく、行き過ぐべき心ちもせねば、しばし車をとどめて見るも、いつを限りにかとおぼえて、／またさらに　憂きふるさとを　かへりみて　心とどむる　こともはかなし」

集の終盤、『建礼門院右京大夫集』の詠み人は、後鳥羽帝方の女房として再び出仕し、復た絢爛と、滅びの予感のただ中に身を置く事になる。

だが後鳥羽院の敗北は、平家の滅亡とは全く異なる事件である。およそ勝算のない兵を挙げたのは院の意志であり、その滅びる様も、その描き方も皆自身で取り計らい望まれた通りに叶った。敗北は確かに御無念だったろうが後鳥羽院は「水無瀬殿にのみ渡らせ給ひて琴笛の音につけ花もみぢのをり〳〵にふれてよろづの遊びわざをのみ盡しつゝ御心ゆくさまにて過」ごした雅な暮らしと、新古今歌壇の爛熟を、御自らの手で扼殺し、荒涼たる隠岐ノ島へ赴かれた。

後鳥羽院は、承久の挙兵が敗れ落飾する直前に、隆信の息、信実に肖像を書かせている。今日、かつての水無瀬宮跡に建立された水無瀬神社が所蔵する画を見て、この像を、記録が伝えるように母君七条院に面影を残すために描かれたとは思われなかった。院は自らの喪失を凝視し、その挙兵と敗北が自身のさわやかに明確な決意に基づく事を示す為、肖像を書かせたのではないか。その像は、未だに水無瀬に於いて王朝文化喪失の、その時を響かせている。

∴

谷崎潤一郎の『蘆刈』は、『拾遺集』、『大和物語』、『今昔物語』、『源平盛衰記』そして謡曲（古題「難波」）等の古典作品で扱われている「あしかり」伝説を下敷きに書かれた。と、言うのは簡単であるし、実際小説の冒頭に、「君なくてあしかりけりと思ふにも／いとゞ難波のうらはすみうき」という歌が措かれている以上、何の疑念も無いように思われる。

だが小説の描くドラマと古典の筋立てが、どのような形で重なっているのかは、一目瞭然という訳ではない。

それ以前に、この小説の読み方自体が、未だに座りの良い解釈を得ていない。主要な疑問は、冒頭から四分の一を占める、水無瀬神社付近の紀行文的、随筆的部分の全体に対する意味をどう取るか、作家自身の投影である「わたし」と中洲で出会う「をとこ」の正体は何か、そして「をとこ」がいつのまにか消えてしまう結末の意味、の三つだろう。

これらの疑いからさらに、「をとこ」は本当に「慎之助」の息子なのか、母であるという「おしづ」、母の姉である「お遊さま」との関係はどうなのか、という問いが生じる。

これらの点について様々な解釈が試みられてきたが、知見の及ぶ範囲で整理すると大きく二つのパターンに大別されると思う。

一つは秦恒平氏が提議した、「をとこ」は実は「おしづ」の子供でなく、「慎之助」と「お遊さま」の間の不義の子供だと云う説である。「をとこ」は会う事の叶わない母を慕って、毎年月見の宴を垣の外から眺めている……。

秦氏に因るならば、『蘆刈』は『吉野葛』と同様の、「歴然とした谷崎母恋いの名作」であり、「をとこ」は、父「慎之助」の「お遊さま」への思慕を語りながら、実は自らの母への恋を語って居る。『蘆刈』は、「男子なればこそ母への欲望を、父親の妻への欲望と重ね合せて、意図的ないし結果的に父子一体化の願念をも濃密に具象化」(『谷崎潤一郎』)した作品なのである。

秦説の弱点は、氏自身が書いているように、「わたしはをかしなことをいふとおもつてでもゝうお遊さんは八十ぢかいとしよりではないでせうかとたづねた」と、末尾で「わたし」が「をとこ」を質す部分の解釈である。もしも「わたし」が言うように「お遊さんは八十ぢかいとしより」だとすれば、「をとこ」が「お遊さん」の子供である事は難しい。

河野多恵子氏は、結末の仕掛けを正面から受け止めた解釈を下している。河野氏は、「そのをとこの影もいつのまにか月のひかりに溶け入るやうにきえてしま」う、この「をとこ」を「慎之助」の亡霊であると読み、結末での「わたし」の質問は、「をとこ」の正体を見破ったという形で、決着を考えずに執筆していた谷崎自身が自作の意味を頓悟した事を示している。

河野氏は『蘆刈』のモティーフを、当時進行中であった「谷崎潤一郎の根津松子夫人との障碍多き恋」に求め、松子夫人への恋愛が「作品の創造源」である事は『盲目物語』と同じだが、「もはや片想いではなくて相愛なのであり、だがやっぱり成就の見通しは立ちにくい」という恋愛の状況が直接的に、「慎之助」が（そしてその亡霊である「そのをとこ」が）毎年月見の宴の折に「お遊さま」の別荘の回りを彷徨う「結ばれ得ない相愛が、結ばれないままに美しく貫かれた」（『谷崎文学の愉しみ』）構図に反映されていると考える。

誠に行き届いた解釈で、「をとこ」を亡霊と見るかどうかは別にして（たつみ都志氏のように能を踏まえて「そのをとこ」を前ジテ、「慎之助」を後ジテとする見方もある）、「をとこ」は「慎之助」の分身である、という点と、『蘆刈』が根津松子との恋愛関係をモティーフとしている、という点については、私も河野氏の読みを踏襲させて戴く。

ただ私が不満であるのは、河野氏の説にしても秦氏にしても、冒頭部分を、ドラマの予兆を撒き散らした効果的導入部としか読む事が出来ず、水無瀬辺を散策し、源氏物語から後鳥羽院に至る様々な古典文芸を想起する記述を、有機的に主要部分と結びつけられない点である。そして、これは前半の読みとも関連せざるを得ないのだが、古典の「あしかり」の筋立ては、河野、秦両氏の読み方に反映されていない。

「古典あしかり」を大和物語に沿って要約すれば以下のようになる。仲良く暮らしていた女と男が貧窮のために別れざるを得なくなる。女は「やむごとなき」ある人と都で結婚するが、男の事が気になって旧居の辺りを探す。男は「かたゐのやうなる」蘆売りに身を落としており、恥じて女から逃げる。女が家来に探させると、男からの歌（谷崎が小説冒頭に掲げた）を携えて戻って来る。「あけて見るに、悲しきこともものに似ず、よよとぞ泣きける。さて返しはいかがしたりけむ知らず。」（『大和物語』）

単純に小説の登場人物を、古典あしかりに当て嵌めると、女＝「お遊さま」、男＝「慎之助」、ある人＝「宮津」（伏見の造り酒屋）という形になる。この当て嵌めをさらに当時の谷崎の恋愛関係に当て嵌めて見るとどうなるか。

女＝「お遊さま」＝根津松子という系列は、松子宛の手紙の中で、谷崎自身が言明している事である。だが河野氏の言う「慎之助」＝谷崎という等式は、男＝「慎之助」という等式とは両立しないのではないか。古典あしかりのモティーフが、別れた夫婦の、身分違いによる再会の不可能にあるとすれば、「もはや片想いではなくて相愛」という状況に進んでいた二人の関係と直接に重ならない。もしも始まりつつある関係を、敢えて再会として描いているのならば、作品の中に相応の仕掛けがあってもいい。加うるに、谷崎が松子と結ばれ得ないのは、窮乏のためではなく、双方の婚姻に因る。

だがここにもう一人、『蘆刈』執筆当時は辛うじて松子の夫であったが、直に貧窮の中で夫婦別れをする事になる男がいる。松子の夫、根津清太郎である。根津清太郎は、自身の浮気と何よりも破産により松子を失い、そして『雪後庵夜話』に拠れば、『蘆刈』で「お遊さま」と結婚出来なかった「慎之助」が妹「おしづ」と結婚したように、松子を失った後松子の妹と結婚しようと企てたと言う。

男＝「慎之助」＝根津清太郎という等式を措くならば、肝心の谷崎は何処に収まるのか。それは零落した男に代って妻と結ばれる「ある人」であり、「お遊さま」を後妻に娶る「宮津」ではないだろうか。

谷崎が、恋仇を視点として、逢瀬を重ねていた恋人の魅力を述べる小説を書いた、という仮説は異様に思われるかもしれない。だが自分に当たる作中人物を話者の遠くに、あるいはその敵とする人物措定を、谷崎潤一郎は佐藤春夫と千代子夫人との三角関係を書いた『神と人との間』で、既に用いている。『神と人との間』は、佐藤春夫（作中は「穂積」）の視点から書かれ、最後に谷崎（作中は「添田」）は佐藤に殺される。

男＝「慎之助」＝根津清太郎、女＝「お遊さま」＝根津松子、ある人＝「宮津」＝谷崎潤一郎という等式において、はじめて『蘆刈』の構図は、古典あしかりと現実の恋愛関係の双方を反映している事になる。そしてその点からすれば、『蘆刈』は母恋物でもなければ、超えられぬ障害を抱えた純愛譚でもなく、失った愛人（或いは妻）への思慕を扱うコキュ小説なのだ。

しかもこのコキュ小説は、佐藤春夫との時とは逆に、寝取って居る当事者が、寝取られた者の視点から、喪失した女性への思慕と、回復しえない距離の甘美さを語る趣向を持っている。被害者が加害者の立場に於いて書いた『神と人との間』よりも、『蘆刈』は決定的に邪悪であり、官能的だ。

実際谷崎は、松子の夫である清太郎を憎みながら、或いは憎悪故に、清太郎の欲望を模倣している。清太郎は松子の妹たちを溺愛し、自分の家に止めて帰さず、三人姉妹が醸す華やかで濃厚な生活を堪能して飽きなかった、と谷崎は『雪後庵夜話』に書いている。「清太郎氏は『この三人の姉妹は實によく感じが似てゐる、大阪でいろ〳〵の女性を見てゐるけれども、この三人以上の女性はゐない、この三人を見ると、ほかの女性は皆いやになる』と云つてゐたが、その氣持には私も大いに同感出來る。」谷崎は、清太郎同様家庭を完全に三姉妹の手に委ねた。東京の交友関係を断ち、料理をはじめとするくらしぶりから、人間関係までの総てを彼女たちの支配下に措き、三人姉妹をモデルとする大長編小説『細雪』を書いた。

『蘆刈』は、間男が、寝取られた者の視線をも奪う小説である。谷崎は自ら人妻を奪いながら、奪われた者の距離感をも同時に楽しむという錯綜した欲望を、この作品に反映させている。「重ねて云ふが、私はM子とは友達同士と云ふのに似た關係でありたかつた。妻と云ふよりは幾分か他人行儀の、互に多少の間隙を置いた附き合ひでありたかつた。」(『雪後庵夜話』)この「多少の間隙」を保持するために、谷崎は追放された清太郎の視線を利用したのであり、コキュの視線から見てはじめて、谷崎の、女性に対する嗜好が闡明される。「あの女は床の間の置き物のやうにしてかざつておくにかぎるといひまして金にあかしたくらしをさせておきましたのでお遊さんは相變らず田舎源氏の繪にあるやうな世界のなかにゐたわけでござります」

その点からすれば、『蘆刈』の筋立ての核心であり、かつ最もフィクティヴなのは、「をとこ」が幽霊であるとか、あるいは「おしづ」の子供だとか云った措定ではなく、未亡人である「お遊さま」が一粒種の息子を死なせて再婚を強いられる箇所だろう。「お遊さま」は、「慎之助」、「おしづ」と三人で無理心中する事を考えながら、「慎之助」の勧めに従って「宮津」に嫁ぐ決心をする。「さうしたらお遊さんは父のことばをだまつてきいてをりましてぽたりと一としづくの涙をおとしましたけれどもすぐ晴れやかな顔をあげてそれもさうだとおもひますからあんさんのいふ通りにしませうといひましたきりべつに悪びれた様子もなければわざとらしい言譯などもいたしませなんだ。父はそのときほどお遊さんが大きく品よくみえたことはなかつたと申すのでござります」

この回復不能の別離によって、「お遊さま」と「慎之助」の真の絆が生まれる。現実的に考えてみれば、「お遊さま」と「おしづ」が姉妹であるという関係は不変である以上、「お遊さま」が他家に嫁いでも、「慎之助」と会う事は出来るはずだし、逢瀬でさえ不可能ではない筈だ。故に「お遊さま」が、再婚によって「慎之助」から決定的に喪失される事にこそ、作家の明確な意志と作為と（夫婦の再会を許さない）古典あしかりとの同一性が働いている。

「慎之助」が「お遊さま」を失ったが故に、彼の崇拝は、月の宴を垣根から窺う思慕という形で完成した。回復不能の距離において、巨椋池の豪壮な邸宅で繰り広げられる「お遊さま」の「えいえうえいぐわ」は、谷崎的エロスの絶対的ヴィジョンとして現れる。

∴

『蘆刈』を、喪失した者（コキュ）の視点と距離から、絶対的女性を崇拝する小説として理解した時に、この小説が後鳥羽院を慕い、水無瀬の宮の跡地を訪ねる事から説き起こされなければならなかった理由が明らかになる。

谷崎潤一郎は、『蘆刈』において、後鳥羽院の企んだ王朝文化存続の決意を、自身の覚悟として受けとめている。導入部の「後年幕府追討のはかりごとにやぶれさせ給ひ隠岐のしまに十九年のうきとしつきをお送りなされて波のおと風のひゞきにありし日のえいぐわをしのんでいらしつた時代にももつともしげく御胸の中を往來したものは此の附近の山容水色とこゝの御殿でおすごしになつた花やかな御遊のかず〳〵ではなかつたであらうか」という後鳥羽院への想起は、末尾の「あなたはその巨椋の池の御殿とやらへ行つてきらびやかな襖や屏風のおくふかいあたりに住んでください、あなたがさうしてくらしていらつしやるとおもへばわたしはいつしよに死ぬよりもたのしいのです」という「お遊さま」の絶対化に呼応している。

勿論それは保田與重郎が、芭蕉に見出し、そして自身担った政治的、志士的な意志ではない。より個人的で官能的、虚無的な決意である。

私はここで、もう一つの国学について述べている。それは「国学」と呼ぶには相応しくないかもしれない。安土桃山の文芸復興から、後水尾院による文献学的研究から流れ出し、宣長篤胤に至る水脈とは別の系譜に立つ国学である。それは光悦の筆、嵯峨本の字体から始まり、古清水焼の脆く黄金色をした、伊勢物語や源氏物語の小物を象った香炉から立ち昇る沈香のように京阪の町の暮らしに溶け込んだ王朝趣味である。

「お遊さんの部屋の中にある調度類といふものは、みな御殿風から有職模様の品ばかりで手拭ひかけからおまるのやうなものにまで蠟塗りに蒔繪がしてあつたと申します。そして次の間との襖ざかひに衝立がはりの衣桁がたてゝありましてそれへ日によつていろ〳〵な小袖がかけてある、お遊さんはその奥の方に上段の間こそありませぬけれども脇息にもたれてすわつてゐる、ひまなときには伏籠をおいて着物に伽羅をたきしめたり腰元たちと香を聴いたり投扇興をしたり碁盤をかこんだりしてゐる、……」

谷崎は、根津家の没落に端的に示されているように危機に瀕した「小さな大名よりも貴族的な」大阪商家のくらしを存続させる事を、召命とした。それは云うまでもなく、滅びる《まま》に決まった文化である。滅びるべき文化を守り、救う事など誰にも出来はしない。平安末の貴人が、似絵において克明に写実的であったように、その喪失を意識化し、凝視し、自らの手で遂行する事によってのみ永遠が生まれる。

新古今歌壇は、承久の変によって、日本文芸永遠の約束となった。追放され、一人孤独の裡に遠島歌合を試みる後鳥羽院の思いに、そして院への追懐の中に、「管絃の餘韻、泉水のせゝらぎ、果ては月卿雲客のほがらかな歡語のこゑ」は何時迄も響いている。船場の王朝文化は、巨椋池の別荘で毎年開かれる月の宴、という虚空に描かれたヴィジョンのうちに、「古い泉藏人形の顔をながめてをりますときに浮かんでまゐりますやうな、晴れやかでありながら古典のにほひのするかんじ」を永久に棚引かせる。

コキュの距離から、獲得した愛人を見るという『蘆刈』の視線は、荒廃した水無瀬の宮跡から遥か隠岐ノ島を見つめる、信実の後鳥羽院肖像画の眼を反復している。三角関係の生々しさをそのままに、王朝文化へ生気を吹き込んだ処に、谷崎の古典主義の強さと小説の生命が現れた。『蘆刈』の「中洲」は隠岐ノ島に外ならず、お遊さまの月の宴は、遠島歌合であり、「慎之助」の決意によるお遊さまとの別離は、承久の乱の再現に外ならない。ついに現世が打ち砕かずには置かないであろう眼前の豊麗を、自から滅ぼす決意が、真の完成をくらしに与えた。『細雪』の抑揚なくただ抗い難く香しい物語も、巨椋池の別荘と同じ宙空に映し出されている。それもまたやはり後鳥羽院の系譜を継ぐ今一つの国学の精華であろう。

III

木蓮の白、山吹の黄

遅くにおきて、盛り場にでるため環状道路につづく坂を下っていった。途中の路地から七、八人の女性が現れた。彼女たちは、金や紫、橙色の絹のブラウスを針金のハンガーに吊してもち、見る間に車の流れの隙をついて通りを横切り、タクシィをひろった。タガログ語の響きと、石鹼と湯の匂いが濃く残った。

道路沿いにずっと楠が植えてあった。葉も茎も完全になくなり、総ての枝が裸になっており、屈曲の端々まで解るようだった。節くれ立ってうねり捩れた幹の先からほとばしる枝はモォヴ色の空に突き刺さり、私の目に、身体にこたえた。そのうちに痛みは、疼きのようにこもって、私は楠の粗い掌に撫でられている心持ちになり、何者かが耳元に吹き込んでくる調べを聞くのだった。

草木というのは、眺めるというよりもむしろふれるもの、あるいは向こうからさわってくるものではないか。私は木蓮が好きで、特に白い蕾みがいくつも枝の先で上を向いているのを見ると感極まってしまうのだが、それは視覚的反応というよりも、堅く噤んだ蕾みの尖りが私の柔らかい部分に入ってくるのである。

あるいは少し開きすぎた百合の切花を見る度に、雄蘂にふれて花粉を指先につけたくなる。いくらあらっても落ちない粒子の感触と強い匂いの始末の悪さを想起しているうちに唾がたまる。それは酔いはじめに感じる後悔の予感に似ている。

万葉から現代俳句まで、山吹の花が歌われてきたのも、端正な花弁の姿とともに枝の弱々しい感触のためだろう。

「山吹の立ちよそひたる　山清水　汲みに行かめど　道の知らなく」という高市皇子の歌には、山吹の黄と清水の泉を併せて「黄泉」の国まで亡き十市皇女を追う意が含意されている、という国文学者の解釈にはうなずかざるをえない。だが、それと解らない風にすら身もだえするように揺れ、見る者の魂を撫でまわす黄金色の枝の動きにまず、万葉人は彼岸への誘いを見ていたように思う。

近代においても歌人、俳人は、山川草木への一方ならない関心をいだいてきたが、なかでも前田夕暮の感覚というか、感覚を呼びさます発想は驚くべきものである。

夕暮は足と植物にかかわることに鋭敏で、若山牧水と鎬をけずった青年時代の歌集『生くる日に』(大正三年)にも、「路のべの繁縷をふみ薺ふみ雲雀啼く野を我が歩み行く」「木の香強き樅の木片をふみしだき製板小舎をいでにけるかも」という歌が収められている。

手元にある『草木祭』(昭和二十六年)という最晩年に編まれた随筆選にも、「私が草になるとしたら」といった不思議な問いかけと並んで、「物をまたぐ時のこころもち」といった文章がある。

「南瓜の大きな花をまたぐ」時、「若い鮒がいつぱいに這入つてゐるのを想像しながら、キンポウゲやツユクサの一面に生ひしげつた小溝をまたぐ」時、「ながながと解いてある夏の女帯をまたい」で、「くろぐろと麻の葉か何かの模様を墨繪であらはしてあるのをみた」時等の、草木を跨ぐ動作を生み出す歓びを書いている。

なかでも羊歯への耽溺は甚だしいもので(「羊は齒素描」)、庭にクサソテツを一株植えた事にはじまり、庭中を羊歯で埋めた。大震災の時は、夜、羊歯の上に床をのべたのが嬉しかったという。糖尿病で失明し、手術の結果「すべてのものがうすみどり色に見える」青視病になってから、さらに病膏肓に入り、山や沢からありとあらゆる羊歯、陰花植物を集めた。

夕暮は縁の下に羊歯を生やすことを好み、羊歯の中で眠ることを愛した。縁の下に羊歯を植えるのは、毎朝薄茶を飲む時に、縁から足をさげることにしていたためである。「私の茶の湯の方式は、縁からぶらさげた足の裏にひえびえとわか葉を擴げてゐる羊齒が觸ることであつた。」

羊齒に埋もれて眠る歌人は、ほぼ至福ともいうべき表情を浮かべている。「私は憂鬱になると庭の羊齒のなかに寢に行く。羊齒のなかの石佛達と一緒に寢たり、ミヅキの木の下に石佛達と一緒に寢たりする。私達の前に一面に青い翳《かげ》をひろげてゐるミヅキの枝からは、細かい清冽な露がはらはら降つてくる。その露を舐めて見ると蜜のやうに甘い。いふところの甘露である。ミヅキの異名を甘露木といふのは故あるかなと、物を知らぬ私の幸福さは、それがアブラムシの尿であることをこの何年間知らずにゐた。私はこのアブラムシの甘露水を世にも愉しい生甲斐あるものとして舐めてゐた。」

人間が生きることには、何の目的もなければ、意味もない。そんなことは疾うに識っている。だがそれを腹の底で学べたか、功名をもとめ、安寧を追う心の真ん中で認めているか、誠に心もとない。P・クロソウスキィによると、F・ニーチェは「生存には生きるということ以外の目的はない、という教えられないことを教えようとした教師」だという。実際、ニーチェだろうとソクラテスだろうと、誰にも教えられるわけがない。

だが深夜に訪れた部屋の食卓で、チューリップの茎に指を這わせて、落ちた花びらがひとふしの調べを呼びさます時、私はそれを知るように思う。草木が、あるいは空の彩や風や光が私を抱き締める、その何の意味もない空っぽの陶酔のうちに、生きているということには善も悪もなく、ただ歓びと悲しみだけがあることを受けいれられると思う。

折口信夫は、和歌の「無内容さ」こそが、日本人の「幸福感」を反映した理想であり、「握りしめてしまへばみな消えてしまつた。何も殘らない。さう言ふのが恐らく理想的」(「俳句と近代詩」)であったという。なぜならば、歌とは「神が日本人の耳へ口をあてゝ告げた語」であり「音樂」にほかならないからである。

音もなくゆっくりと揺れる菜の花は神々のあらわれであり、神々そのものかもしれない。日本の文芸は、歌は、この無償の歓びからわき出る、無内容の調べとして、現世を肯定してきたし、これからもするだろう。春が去る度に、黄金の山吹の枝が谷を覆うように。

斑鳩への急使——萬葉集論

見よ、玉梓の使いに来けり、
神々の、故郷の亡びを歌いけり、
——テーバイ断片

日本の、神の、弱さ。

∴

皇極天皇二年十一月十一日、蘇我入鹿は巨勢徳太臣、土師娑婆連を遣い、斑鳩に山背大兄王ら上宮聖徳太子一族を襲った。山背大兄王は、斑鳩宮の内寝に馬の骨を投げ置いて軍勢を欺き、一族と共に膽駒山に逃れた。山中、王は喫飯する事も得ず、四、五日後斑鳩寺に還り、一族一時に経《わな》きて死した。『聖徳太子補闕記』に、其の時空に仙人の形、伎楽の形、天女の形、動物の形が現れ、郁烈たる香りが漂い、妙なる音楽が響き、何処からか花弁が舞い落ちた、と云う。

書紀に拠れば、山中に山背大兄王を追った三輪文屋君は、東国に詣り師《いくさ》を興せば「其の勝たむこと必《かなら》じ」と薦めた。王は三輪君の提案を「必ず然らむ」と認め乍ら、自分の生命の為に、「豈万民を煩労《わづら》はしめむや」と退けた。

自害を前にして王は、斑鳩寺を包囲した軍勢に使いを送り、「兵を起こして入鹿を伐たば、其の勝たむこと定し。然るに一つの身の故に由りて、百姓を残《やぶ》り害《そこな》はむことを欲りせじ。是を以て、吾が一つの身をば、入鹿に賜ふ」と伝えた。

使いの伝えた、「百姓を残り害はむ」よりも「吾が一つの身」を抛つ、王の姿は、伝来したばかりの仏教的価値観を反映しているのではない。復た若き皇室の慈悲を刻しているのでもない。

其れは、何よりも、日本の神の、神と呼ばれる現世の王の弱さを象っている。いかんともしがたい脆さを記している。

同様に入滅に際して天から堕ちたと云う花と芳香は、(如何に文献学的、比較文化学的証拠があろうと)仏教説話や黄金伝説の反映ではない。人形を現に見、確かに音楽を聞いた精神は、日本の弱き神が起こす儚き奇蹟であり壊れる事のない夢としての「うた」である。

∴

殿下は、自国領に居ながら、亡国の王子であった。共和国の存在を呪いながら、トリノとピサ、そして今滞在中のヴェネツィアに、館を所有していた。と云っても、殿下はナポリ王朝に発するイタリア国王の係累ではなく、第二次世界大戦に王家が追放される遥か前、ガリバルディによって追い払われた、ロンバルディアの小王の曾孫である。

フランスでの学者修業に嫌気がさしてスペインで遊んでいる時に、私はカタロニアの料理屋で殿下と知り合い、スペインからニースまで地中海沿岸を遊び回った。其の後、殿下は私を宮廷詩人として「王国」に招いた。

殿下の廷臣は、サン・マルコ広場に面したカフェに屯する男娼達だった。貴婦人は対岸のリド島からやってくるお茶挽き達だ。殿下は、ハリーズ・バーでアイヴィ・リーガーを蹴散らし、ネグレスコのジェット・セットを顰蹙の裡に去らしめ、一番いい卓を占領して晩餐会を開いた。全欧州に鳴り響く名菜名菓を、平民には到底真似出来ない無作法で平らげ、ロートシールトやダルマン、ダルジェルヴィルといった爵位を僭称する酒造業者たちの葡萄酒を、嗽薬のように啜り、皿を投げ、隣卓に悪態をつき、反吐の上に蘭を飾った。

深夜殿下の座艦は、マホガニィの船体を、十二気筒エンジンで震わせつつ、満ち潮に洗われるサン・マルコ寺院裏の運河から、アドリア海にむけて出航した。私は漆黒の闇から滝のように水の匂いを浴びつつ、王家の詩人として栄光を祈った。「熟田津に　船乗りせむと　月待てば　潮もかなひぬ　今は漕ぎ出でな」

殿下は、R・ムーティに振らせたというロッシーニ作曲の国歌を、大音量でスピーカーから流した。戯れる廷臣たちの喘ぎや、注射器を開封する擦音を縫って、大時代的で能天気な行進曲がハウリングしつつ響いた。

在りもしない国の、共和国から警戒さえされない、愚昧にしてか弱き王の航海は、進むに連れて怪しく現実感を帯び、生々しく在りもしない目的が浮かび、自分がアルカディアを求める遠征の一員になったように思われた。「ぬばたまの黒き酒満たしたる革袋／水注ぎ給いし革袋／其れだけを女神は舷側に吊り／食料も甘き菓子も用意せず／たおやかに微風を起こし／ユリシーズは神ながら／歓喜に満ちつ帆を風に放てり」(『オデッセア』)

「ドン・エッラの墓へ！」殿下の命令が下り、船は南に針路を巡らし、サン・ミケーレ島の桟橋に向かった。ほの暗いカンテラを掲げて、我々は墓標の間を彷徨った。漸くエズラ・パウンドの墓を探しあて、殿下は市民団体が鉤十字をスプレーで書いた石に額ずき、ピザン・キャントーズを唱えた。

歓迎されざる狂気のドーチェ支持者が、戦犯として囚われた露天の檻で書いた、二十世紀アメリカ詩の最高傑作を耳にして、私は殿下と先般訪れたローマ郊外のＥＲＡを思い出した。ＥＲＡは、ムソリーニがローマ万博会場として建設した人工都市である。ファシストの都市として、未来派、モダニスト、構成主義といったイタリアの前衛芸術家が総動員された。博覧会が、戦争のために中止されて以来、誰も顧みる事なく放置されている。草が生い茂り、崩れた街路を挟んで、陽光をふんだんに浴びたモダン建築の廃墟は、デ・キリコの絵のような静謐さを湛え、古代ローマの遺構に劣らない存在感をもっていた。少なくとも、廃墟において、残骸の悲しみと慟哭において、ムソリーニはローマ帝国を復活させたのである。「何方に　思ほしめせか　天離る　鄙にはあれど　石走る　近江の国の楽浪の　大津の宮に　天の下　知らしめしけむ　天皇の　神の命の　大宮は　ここと聞けども　大殿は　ここと言へども　春草の　茂く生ひたる　霞立つ　春日の　霧れる　百磯城の　大宮どころ　見れば　悲しも」

∴

「近江の荒れたる都を過ぐる時に、柿本朝臣人麻呂が作る歌」の製作年度を、天武天皇の没後一、二年の間に措く論に立てば、この歌の背後に大津皇子の賜死が在る事を考えなければなるまい。言うまでもなく、大津皇子は、天武帝、高市皇子と共に、如何に稚かったとは云え、壬申の乱の当事者であり、天武没後に謀反の謀の廉で、自死した。

だが、人麻呂が従い其の狩野の宿や治世の為に歌ったのは、大津の皇子の為ではなかった。「博覧而能屬文、及壮愛武、多力而能撃劍」と『懐風藻』に記され、また謀反を前にして「竊かに伊勢の神宮に下り」斎宮大伯皇女と通じたとも云われる豪放な大津皇子の事蹟を歌う日は、ついに人麻呂に訪れなかった。

人麻呂の主君は、大津皇子に、妾である石川郎女を盗まれた上「大船の　津守が占に

告らむとは　まさしに知りて　我が二人寝し」とあざ笑われた日並皇子であった。「都を置きて　隠口の　泊瀬の山」に入り「み雪降る　安騎の大野」に旅宿りして「いにしへ思」う軽皇子だった。

だが折口信夫が、『死者の書』に於いて、古い神々の血を引く最期の存在とした大津皇子も、またけして強い存在ではない。「大津皇子の屍を葛城の二上山に移し葬る時に、大来皇女の哀傷しびて作らす歌二首」のうち、「磯の上に　生ふる　馬酔木を　手折らめど見すべき君が　在りと言はなくに」の「手折らめど」という言葉の響きに、保田與重郎は「自虐」の「甘いうつくしさ」を感じ取った。

日並皇子のように弱き王も、大津皇子の如き猛き皇子も、神ながら、我らの皇子は常に脆く、儚い。

其れは人柄の柔らかさの為でもなく、豪壮さの余り放縦の故ではない。

皇室が、蘇我、藤原、橘といった氏族の陰謀や計略に支配され、その運命を恣にされていたからでもない。

彼岸に居る、現世の有為転変を超越した、絶対神ではない、現世の神、人と共に生きる神、現在を生きる人にミコトを遣わす神であるからこそ、日本の神々は弱い。

人間の運命に於いて、勝利や栄光は毎旬収穫し得る果実ではない。敗残があり、滅亡の時期が何時かは訪れる。其の時、現世の神の権威は失墜せざるを得ない。現世の悲惨に際しても尚諸国民を導き得るのは、ユダヤの神のような、彼岸の、現世の運命や苦難を総て死後の世界のための試練として相対化する神である。

世界史の転変の中では、「涙流すことなく」生きる、「選ばれし者の天国」を歌ったピンダロスの神々も、竜をも拉ぐワルキューレも、磔にされた大工の息子に屈服するのだ。

ギリシャやゲルマンの神々は、彼岸の絶対神に屈服した。ただ日本人だけが、彼岸を知る事なく、今も現世の神々を崇めている。

∴

折口信夫は、柿本人麻呂の出身を遍歴する神人集団に求めている。「其中にも、考慮に残してよい事は、柿本氏人が、巡遊神人であつたのであらう、と言ふことである。(中略)さうして、古代信仰の形式上、柿本氏も亦、此小野神祭りに集る一族と見ねばならぬのだ。(中略)後世大規模に行はれた小野氏人の運動は、春日部・和邇部などの形式を學んだに過ぎないので、其中間のものとして、柿本氏人の巡遊を思ふべきであらう。」(『柿本人麻呂』)

人麻呂が「巡遊神人」であったとすれば、「大君は　神にしませば　天雲の　雷の上に盧《いほ》らせるかも」のような作品を如何に考えるべきだろう。雷岳という小さい丘に行幸した持統帝を此のように詠ったのは、単なる「詩的表現」か、「儀礼的誇張」であろうか。

私は「神にしませば」という云い回しの裡に、日本の王の弱さへの恐れと、神人を出自とする者として、弱き神に「雷の上に 廬らせる」力を乞い、呼び与える願いを感じざるを得ない。

人麻呂に於いて「うた」は、ピンダロス的な神々の勲しの讃歌ではなく、敗北を識り滅びつつある神々を、弔い、その再生を願う営為となった。「挽歌」において挽いているのは棺だけでなく、復活する生命でもある。

聖徳太子以降一世紀近くに亘って、日本は対外関係の危機に直面し、特に白村江の敗戦によって、国の存亡は極めて深刻に脅かされた。

この敗北に於いて、日本の神々は、一度死んだ。其れは、仏教の伝来や律令制度の採用に依ってではない。

大唐国の成立に拘わる国際社会の変質により、日本の現世に生きる神の命脈が尽き、葬られたのである。実際この時代には上宮皇子一族から、近江朝廷、大津皇子、長屋王、有間皇子、そして大伴一族まで、数え切れない神々とその一族が、滅びた。

敗滅した神々に仕える神人であった、柿本人麻呂は歌によって神の命を取り戻そうと試みた。其の時、我が国に、最初の意識的な「うた」が登場したのである。

民族が消滅する境に、ユダヤ人たちは、「彼岸」を作りだした。その後、歴史の逆境に際して、幾多の民族が、唯一神を受け入れた。

日本人は、唯一神の代わりに、「うた」を作りだした。光輝に満ちた神の栄光を称えるのでなく、死せる皇女を「音のみも　名のみも絶えず　天地の　いや遠長く　偲ひ行かむ御名に懸かせる　明日香川　万代までに　はしきやし　我が大君の　形見かここを」と「うた」によって弔う術から、日本人は、栄光でなく敗滅と共に生きる道を求めた。

彼岸なきわれらが魂は、「歌」によって存続する。栄光や勝利でなく、悲惨や失墜を肯定する事が、現世の最高の肯定であり、彼岸への軽侮だ。

最もか弱く、陋劣な王の傍らにこそ、詩人は侍り、その愚かさ、儚さを歌い、運命を言祝ぐ。

∴

保田與重郎が、戦後最も早い時期の文章の中で、「詩人は勝利の記録を描く御用作家と両立せぬ存在」である、と記したのは、必ずしも当時保田の眼前で展開されていた「獣肉にむれわいた幾億萬の蛆蟲が、一夜のうちに腐肉の中へ姿をかくし」(「みやらびあはれ」)たような戦争直後の人倫の様態の為ばかりではない。

「無くなつてゆくもの、敗れ去つたもの、亡びゆくもの」を「悲しみ葬」る事が、文人の務と理解する為には、敗戦が必要だったことは確かである。だが、敗戦によって引き起こされた時局的、歴史的状況が、此のような見解を齎したのではない。

敗戦の経験が、保田に文人の務を理解させた。

勿論国学者にとって、敗戦は未曾有の衝撃だった。折口信夫は「神こゝに　敗れたまひぬ――。／すさのをも　おほくにぬしも／青垣の内《ウチ》つ御庭《ミニハ》の／宮出でゝ　さすらひたまふ――。」（「神やぶれたまふ」）と詠った。

だが保田與重郎は、折口信夫のように、「我々は神々が何故敗れなければならなかつたか、と言ふ理論を考へなければ、これからの日本國民生活はめちや〳〵になる」（『神道宗教化の意義』）とは考えなかった。保田は、「どうして敗けたか」と尋ねるのではなく、神は敗れるものだ、という事を、渾身で理解した。

戦後の保田與重郎の文業は、神の敗北を悲しむ事に措かれている。それは、受容のための修業だった。敗北をそのまま神々の臨在として認め、「最も凄惨を極めた状態で永遠無垢の讃稱をとなへる心」を、粛々と保田は紡いだ。

その努力が如何なる性格であったかは、『わが萬葉集』が能く示している。冒頭、自らの生地に程近い金刺宮址近辺に筆を及ぼし、事も無く保田は、祖国の偉大さではなく、そのか弱く、小さい様を書いている。「この山峡の谷間から昇る太陽が、日出づる國の實景である。日出づる國とは、土地の風景である。その國《クニ》は、『初國《ハツクニチ》小さく作《ツク》らせり』と神話にしるされた、可憐にかなしい國である。」

『わが萬葉集』の「ふかふかとした」筆致には、昭和十七年、開戦直後に発刊した『萬葉集の精神』を貫いていたアンヴィバレンツを見ることは出来ない。『萬葉集の精神』の文体は、分析と批判と考証、演説と述志と物語が並立し、複雑に入り組んだ前線を戦うゲリラ戦を思わせていた。

この錯綜は、西欧と対決しつつ、国内の統制的近代主義と闘うという立場の複雑さであると共に、保田の自己分裂と呼ぶしかない自己了解にも依っていた。「言靈のさきはひによりてぞ、皇神のいつくしき道もうかゞはれける、されば皇神の道をうかゞふには、まづは言靈のさきはひによらずしては得あるまじく、言靈のさきはふ由縁をさとるべきは、この萬葉集こそ又なきもの」(『萬葉集古義総論三』)と記した鹿持雅澄から受け継いだ古代と現在の距離感を前提とした「古學」的な万葉観と、万葉期を明治以後の日本と同様の、国際的困難の時代と認識し、「危機の文藝」として万葉集を同時代の作品として読む、ラディカルな国学が角逐している。

此のような対立は、『わが萬葉集』からは一掃されている。保田與重郎は『わが萬葉集』に於いて、完全に同時代の書物として万葉集を扱い、家持らを遇す。つまり『わが萬葉集』には、古代への距離感がない。そして、距離は、差異の意識は、矢張り「喪失」されたのである。それは、けして保田與重郎が、学問の研鑽によって古心を身に付けた直接性ではない。凄惨で残酷な、暴力、つまりは敗戦によって、好むと好まないに拘らず万葉集との距離が「喪失」された。神々の弱さを詠う柿本人麻呂は、保田與重郎の隣人であり、神々の弱さに対する傷みと慟哭が、その隔たりを押し流してしまった。

保田與重郎の万葉集をめぐる「うた」から、我々が理解するのは、「うた」の力は、神神に猛き力を与えるのではなく、神々の敗北を耐え、持ち堪える事を適え、明日を待たしめるような、期待と祈念に係るという事である。

∴

しかし、耐えるという事、待つという事は一体どのような営みなのか。第二次大戦の最も深刻な時期、ドイツの敗北が明らかになりつつあった瞬間、M・ハイデガーは、古代ギリシャの神々を追った近代詩人ヘルダーリンの詩を解明しつつ、突然叫ぶように語った。

アメリカ主義のアングロサクソン的世界が、ヨーロッパ即ちその故郷を、西洋的なるものの原初を、破壊しようと決心していることを、われわれは今日知っている。原初のものは不壊である。(中略) われわれは今や、本来的歴史性の開始の位置にようやく立ったばかりなのである。とは即ち、固有のものが運命として贈り来たされるのを待ちうることよりして、本質的なるものにおいて振る舞うことを始めたばかりなのである。待ちうるとはしかし、諸々の出来事を、何の行為も省察もなく去来せしめることではない。待つことが――できるとは、既にしてかの荒廃に対して眼を閉じていることではない。

不壊のもののなかに先んじて跳び入り、そこに立っていることである。

（「ヘルダーリンの讃歌『イスター』」三木正之訳）

ハイデガーの云う「原初のもの」としての「不壊のもの」とは何か。私は山田孝雄が増補した『古京遺文』で、法隆寺「観世音菩薩像記」銅版の拓本を想起する。それは、今や何の像についていたかも解らない銅版片である。取り付け法も不分明で、光背、光背支柱、或いは胎内の何れに収められていたかも知れない。鍍金も跡形なく消えている。記述も百済王族出身の僧侶たちの父母報恩供養に過ぎない。だが私は、この行書の「ふかふかした」表情に心和む、その情動の中にこそ、「不壊のもの」の存在を感じる。

其れは此の銅版が、持統八年から現在まで失われず残ったということではない。また記された文章が、テクストとして残っていると云う事でもない。筆勢の何とも言い表し難い踊るような姿に「うた」を感じ、一片の銅板にかつて「うた」を記し、そして其処から今感じ得ることに、「不壊のもの」の存在を思う。

心なしか、この行書は、保田與重郎の、特に碑文における書跡に酷似している。其れは、保田の「うた」を、その「不壊のもの」の中に立っている事の性格を、直接に示しているように、私には思われてならない。

『わが萬葉集』の、「ふかふかとした」感触は、最早「慟哭」とすら呼べないような深い悲しみと憤りと忍耐から齎された。その著書の、そして自身の柔らかく陽気な風貌こそが、保田與重郎の「うた」であった。

ほむら、たわぶれ——和泉式部論

わたしたちは、いずれ灰となり、土に還り、水にながされ、空にのぼり、雨雪として落ちる。

かけがえのない思いも、うるわしい願いも、おぞましい恨みやいまわしい望みと一つの煙りになってのぼる。

きらめく玉も、さかまく錦も、すべてくちる。

生きている者は、死んでいるのであり、死んだ者こそが、生きている。

そのはかなさの、耐え難さ。耐え難い悲しみからのみ湧くよろこび。

∴

崇徳院の御存念の深さは、改めて語る迄もない。

自らはらわたを持たないと称した程、あまたの思いを胸底に溜めていた上田秋成はそのヌーヴェル集成の劈頭にまず崇徳院を顕彰した。明治帝は即位されるとすぐに、崇徳院を慰めて御治世の平安を祈られた。

「我天照御神ノ苗裔ヲ請テ、天子ノ位ヲフミ、太上天皇ノ尊号ヲ蒙テ、枌楡《ふんゆ》ノ居《きょ》ヲシメキ。先院御在世ノ間也シカバ、万機ノ政事ヲ取行ズト云共、久ク仙洞ノ楽ミニ誇キ。思出無キニアラズ。春ハ花ノ遊ヲ事トシ、秋ハ月ノ前ニシテ、秋ノ宴ヲ専ニス。或ハ金谷ノ花ヲ翫《もてあそび》、或ハ南楼ノ月ヲ詠メテ、卅八年ヲ送レリ。過ニシ事ヲ思バ、昨日ノ夢ノ如シ。何《いか》ナル罪ノ報ニテ、遠キ島ニ被レ放テ、カヽル住ヲスラム。（中略）口惜事ゴサンナレ。我朝ニモ不レ限、天竺震旦ニモ、新羅百済ニモ、位ヲ争ヒ、国ヲ論ジテ、伯父甥合戦ヲ成シ、兄弟軍ヲス。果報ノ勝劣ニ随テ、伯父モ負ケ、兄モ負。其事悔還テ、手ヲ合セ、膝ヲカヾメテ歎《なげく》時ハ、免《ゆる》ス事ゾカシ。今者後生菩提ノ為ニ書タル御経ノ置所ヲダニモ免サレザランニハ、後生迄ノ敵ゴサンナレ。我願《ねがはく》ハ五部大乗経ノ大善根ヲ三悪道ニ抛テ、日本国ノ大悪魔ト成ラム」ト誓ハセ給テ、御舌ノ崎ヲ食切セ座《ましまし》テ、其血ヲ以テ、御経ノ奥ニ此御誓状ヲゾアソバシタル。

（『保元物語』下）

斯様な憤怒、或いは恨みは王朝文化の終末を告げるものでもなければ、その優美の裏面でもない。この激情は、平安文明を彩った崇高な愛情や恋愛、希望や意志と等価であり、同根であり、その同じなる物の開花である。

天養元年、崇徳院は勅撰集撰進の院宣を下された。保元の乱への参画を除けば、鳥羽院の陰で全く政務に与からなかった院にとって唯一と云ってよい事業である。

国文学者は、多くの疑義を『詞花和歌集』に投げかけている。

勅撰の院宣が、鳥羽院でなく崇徳院から出された事。前の勅撰集から、十九年という僅かな年月しか経っていない事。金葉集と同じく十巻本であること。当代歌人の撰数が極めて抑えられている事等々。

私には、一連の問いに対して、考証を付け加える能力はない。ただ漠然と、これらの説明困難な事態はやはり一つの事情から、あるいは女性から派生したのではないか、と憶測するだけである。

崇徳院の生母は待賢門院璋子、父は鳥羽天皇である。

しかし実父は、鳥羽天皇の祖父にあたる、白河院であった。そのため鳥羽帝は、崇徳帝を「叔父子」と呼ばれたと伝えられる。

斯様に奇妙な事が何故起こったのか。この問いに答えるには白河院という法皇と、待賢門院璋子という姫君の類い稀な資質と、その資質を育んだ平安文明の爛熟を考えなければならないだろう。

白河院は、摂関家の権勢を抑え、四十年近くに亘って院政を布かれた帝王であり、有史以来もっとも威を振ったと自ら任じておられた。この辺りの事情を私は角田文衞氏の著書『椒庭秘抄』に学んで記しているのだが、角田氏によると院の雅意は政務にとどまらず遊戯、風流にも遍く及んだという。

鍾愛した中宮賢子の病が篤くなっても、先例を破り内裏に止められて、中宮が内裏に没された後その遺骸を抱かれた事。祇園の女御への御執心のため、女御の夫である源惟清と、惟清の父、兄弟の総てを遠流された事。中宮賢子が遺された媞子内親王を溺愛され、内親王が急死されると悲しみの余り出家された事。

待賢門院璋子を巡る事象には、斯様な白河院の愛憎の総てが注がれている。璋子は白河院の寵臣藤原公実の娘に生まれ、不妊であった祇園の女御の養女に迎えられた。

璋子は乳児の頃から白河院の許で育てられ、長じて美貌と聡明さが際立つに従い院は愛情を注ぎ、成年に達すると通じられた。

自らの養女と通じられるだけならばまだしも、永久五年白河院はその養女を、孫である鳥羽天皇の中宮に立てたのである。

関白藤原忠実以下殿上が驚嘆したのは、彼らが院と璋子の関係を知っていたからだけではない。

璋子は院に劣らない奔放さを発揮して、当時既に藤原季通他の青年貴族や僧侶等と娯しんでいた。忠実が璋子の入内を、「日本第一の奇恠事」と日記で非難したのも無理からぬ事である。

実際、璋子が崇徳院を産んだ事が原因となって、鳥羽、崇徳の対立を源とする保元の乱が起き、平安文明の凋落が始まる事を考えれば、その危惧は正当であった。

だが白河院が、璋子を中宮に望まれたのは、ただその愛情のためだったのだろうか。お手元に置かれたいが故だけだったのだろうか。

白洲正子氏は白河院と璋子の関係を、光源氏と紫上の関係になぞらえて居る。

その点からすれば、璋子の入内を、源氏物語に示された平安朝の理想の、現世における実現であったと考えられないか。

それは、後代ではおよそ考えられないような洗練と爛熟の精華ではなかったか。待賢門院璋子のような、美しく、奔放で多情の婦人こそが我が国の皇后として戴冠するにふさわしいという意志に於いて、平安文明の、そして日本の文化の一つの本質が示された。

この戴冠から、一文明の凋落が始まった事は余りにも象徴的であり、また大和絵染みて絢爛であると共に悲しい。その悲しみは、待賢門院に伺候していた西行を突然出家させた予感として現れ、あるいは壇ノ浦から奥州平泉までを嘗めた戦火によって明かになり、最後に意識的に崇徳院の運命を、反復し演じられた後鳥羽の壮挙によって完結したのである。

待賢門院璋子のような女性像を一つの理念として考えた時、崇徳院が『詞花和歌集』の撰進を宣せられた意義が茫漠と判るように思われる。この歌集に於いて崇徳院は御生母を顕彰されるとともに、自らの存在そのものとして現れ、引き受けざるをえなかった母と白河院の情熱の罪と輝きを見据えようとされたように思われた。

勅撰が命じられた翌年待賢門院は亡くなっており、その末期を見越して院は集を企てられ、かつては璋子を愛した鳥羽院は、敢えてその発議に異を唱えなかったのではないか。『詞花和歌集』を待賢門院璋子との関係で考えたい、という思いつきに私が拘るのは、この集に待賢門院堀河や安芸といった璋子ゆかりの女房たちの作が収められているからではない。

何とも云えない濃厚な感触を、私はこの集を繙く度に覚える。それはおそらく、歴代勅撰集の中でも、和泉式部の歌が十六と異例に多く入撰している事と関係している。

例えば巻四冬一五八の題不知。

まつ人の今もきたらばいかゞらむ踏ままくをしき庭の雪かな

此処で作者は、見事に降り積もった庭を見て、その清純さが恋人の来訪によって踏みしだかれ、泥濘にまみれる様を想って昂ぶっている。一面の雪の鮮やかさのうちに、禍々しい来訪として、自らの情念と欲望を形象化する美意識と、其処まで自らの存念を意識しているという救いの無さ。

此処に平安の世を滅ぼしてしまった者たちの、罪深く美しい欲望が、あらかじめ克明に描かれている。

∴

『源氏物語』と同様に、或いはより深く、和泉式部は文明の精華と崩壊を既に詠っていた。その歌はけして一様な情欲の肯定ではなく、情欲の強さに打ち負かされ、拉がれながらも、最終的に受け入れる葛藤と緊張感、明晰さに貫かれている。

『和泉式部日記』中程に於いて、若い帥の宮の直情を恐れながら、自らの情の目覚めをより深く恐れている主人公は、九月の有明の月を眺めながら、宮もまた「あはれ此月は見るらんかし」とぼんやり考えていると、宮が童を連れて門を叩く音がする。

だが身支度をしている間に宮は帰ってしまい、「秋の夜の有明の月の入るまでに休《やす》らひかねて歸りにしかな」と文が残されていただけである。

だが主人公は、逢瀬を逃がした事を悔やみはしない。それよりも、自分の意が宮と通じていた事を歓ぶとともに、此の様な一致が齎すであろう事態を予感し、憂いながら、その到来を防ぐ事が出来ない事を理解している。

　げに如何に口惜しきものに思されつらんと思ふよりも、猶折節過ぐし給はずかしと、眞に哀れなる空の氣色を見給ひけると思ふに、いとをかしうて、この手習ひのやうに書きたるものをぞ、御返しのやうに引き結びて奉る。風の音、木の葉の殘り有るまじげに吹き亂る、常よりも物哀れに覺ゆる。事事しうかき曇るものから、唯だ氣色ばかり雨打降るは、爲ん方無く哀れに覺えて、

秋の中に朽ち果てぬべく理りの時雨に誰れか袖を借らまし

如何に情熱に身を委ねても、いずれ「理りの時雨」が身体も魂も冷やし尽くし、朽ちさせてしまうだろう。と歎きながら、深夜の風の音を聞いているうちにメランコリアが広がり、床に戻るのも物憂く軒端に臥し、雁の羽音を聞くうちに、夜があける。

斯くてのみ明さんよりはとて、妻戸押し明けたれば、大空に西に傾きたる月の影、遠く澄みわたりて見ゆるに、霧り渡りたる空の氣色、鐘の音、鷄の聲、一つに響き合ひて、更に過ぎにし方、今、行末の事も、斯かる折は有らじと、袖の色さへ哀れに珍らかなり。

懊悩の後に来る、過去から未来も見透すような明澄さ。情念と葛藤、そして絶望と憂鬱をへて明晰さへと至る精神の運動を余す事なく包含している処に、和泉式部の恋の歌の高さがある。

其の点で、與謝野晶子が和泉式部を、「綺羅粉香に自ら酔へる軽薄好女」ではなく、その歌の本質を「『戀』と『人生』とに托したる、酬いられざる『はかなさ』と『寂しさ』」に見いだし、「其聲はすべて哀調を漾はせてゐる」と指摘したのは流石である。

與謝野晶子はまた、帥宮と和泉式部の恋愛の根底に、同様の「寂しさ」を見ている。『大鏡』の、加茂の祭に際して宮が、御車の簾を切り、公衆に自らの姿と式部の衣を顕示したという記事を引きながら、「親王は彼女と共に斯かる浮華衒耀なる行爲の中に流俗を驚かしながら、しかも遙かに高き心の段階に於て人生の寂しさに手を執りながら泣き合はれた事であらう」と推測している。

同様に保田與重郎も『和泉式部日記』等の記述から、帥宮の「華美」を好み、また寝覚めに煩わしいといって鶏を殺し、式部に文を届けるのが遅れた童を殺そうと云う「激しさ」をもった性格を指摘している。此の様なエキセントリシィは、デカダンスにのみ由来するものではない。自己探求、あるいは自己のさらに底にあるものを識ろうとする欲求と結びついた、区別出来ない自己破壊の衝動なのである。或いは真白な雪を踏みにじり、華美な錦繡を襤褸へと返す何物かに進んで身を預ける衝動なのである。

宮は、式部に対する執念を自分でもどうにも出来ない。それはこの衝動が、ある認識の冒険とつながっているように見えながら、試みたり、試みなかったりする事が出来ないような類いのもの、否応なく「浮華衒耀」な誘惑だからである。

平安朝の哲学の根本には、情欲の中には歴史を、世界を、その全体的ヴィジョンを動かし、覆す力があるという想念があった。世界を動かし、生み、滅ぼし、変貌させ回帰させていく何物かが色情にこそあらわれるという想念。逃れる事の出来ない恋愛へ身を委ね、あるいは抗う事の出来ない誘惑の裡からのみ、そのような認識を得る事が出来るという発見が、平安の、そして日本の文明全体を貫いている。

∴

ハイデガーは一九四四年夏学期に行われた「ヘラクレイトス」講義の中で、ヘラクレイトスが来客に哲学めいた話を一切せずに竈の火を示して神々の臨在を語り、また賭博を笑われると、骰子を振る事こそがポリスの業だ、と語ったという伝承を解説している。ハイデガーによるならば、神々も、ポリスも、すべて「存在」にかかわる事象である。ヘラクレイトスは、炎と遊戯として「存在」の露呈を示した。そこに現れる「存在」とは、「打ち解けているものの範囲内で自らを呈示している打ち解けざる無気味なもの」だと云う。

一見竈や賭け事は、私たちの日常生活に遍在し、溶け込み「打ち解け」ており、「無気味」な処はどこにもない。

だが炎をよく見れば、この光と熱を発する現象は、物でもなければ、気体でも液体でもない。動物でも植物でもない。その上にかざせば、生命に満ちた花も、枯れ草も同じ灰になってしまう。

あるいは骰子は、偶然に目を出して見せる。偶然のつらなり方によっては、無一文の者を長者にし、富者を貧者に変えて、運命の不思議さを集約して露に見せる。

人間が日常の生活で接しながら、測ったり、理解したり出来ない「無気味」な、しかし人間がこの世にあるという事に於いて根本的な事が、炎と遊戯において垣間見られるのである。

さらにハイデガーは、ヘラクレイトスの出身地エペソスの女神アルテミスは、松明と弓と竪琴を常に携える事で、炎と遊戯という斯様な「無気味」さを象徴していると云う。

弓は、死をもたらすもろもろの矢を射掛ける。生けるものの命を奪わんがために生けるものを探し求めて狩りをする者（女神）は、遊戯と死との徴——竪琴と弓を携えている。女神の別の徴である「松明」は、覆されて消えた松明としては、死の徴である。光をもたらす者は死をもたらす者である。（中略）光をもたらす者は、死をもたらす者として反対向きの現われである。女神がそうしたものであるのは、女神が根源的にすでに、争いという打ち解けざる無気味なものを打ち解けているものの内へと閃き入らしめているからである。アルテミスとは本質上の争いをもたらす者、つまりエリス〈ἔρις〉をもたらす者である。このような争いは止揚され得ないだけでなく、争いの本質には次のこと、すなわち、いかなる止揚にもまたそのようなものへのいかなる試みにも抗争〔抵抗〕することが、属している。（「ヘラクレイトス」辻村誠三・岡田道程訳）

上記のアルテミス解釈において、炎と遊戯は、生と死という存在の根底的な様態を逆転し、拮抗させる、争いの象徴に深化されている。

ハイデガーが、アルテミスを、西洋的思索の原初として呈示する時、この狩りする女神と、和泉式部をはじめとする日本の女性たちを併置してみたいという強い誘惑を私は感じる。

云わばギリシャにはじまる西欧文明は、存在の根底の姿を、狩りする女性として描き、平安朝に明確な輪郭をそなえた日本は、ふしだらな女性に見いだした。

平安とギリシャの存在に対する理解の根底はある意味で通底している。すべてを一に返していく、生と死を包含し拮抗させる何物かのうちに、人の生の真なる相貌を見ていることにおいて。

だがまたそこには大きな差異がある。それは端的に「争い」と「恋愛」の対立として現れる。日本的な存在認識を、単純にエロスと捕らえ、またそれをロゴスと対立させる事は出来ない。日本では恋愛にこそ明晰な認識があり、エロスとロゴスは激しい情欲の中に二つながら育ち運動している何物かなのだ。

さすらひたまふ神々——生きている折口信夫

何年か前、ミシシッピィの田舎町に居た。

陽の光以外には、食事から娯楽まですべてが払底していた。伝説のブルース・マン、ロバート・ジョンソンが魂と引き換えにギタァの腕前を悪魔から貰ったという十字路が近かった。

ジョニィ・ギタァ・ワトソンが生まれたのも、その辺の筈だった。ワトソンの父親は、シンギング・プリィストと呼ばれる説教僧で、南部をギターを背負って歩いていた。聖職者というのは、勝手な名乗りで、ブルースやジャズといった名前が生まれる遥か前から存在していた、放浪芸人である。ワトソンは名曲「棺桶もいらない」で歌っている。「親父にはじめて会った時、親父は虫の息だった／葬式をあげるためだけに帰ってきたんだ／坊主、ギタァにだけは触るなよ／一度こいつを弾いたらば、地獄につくまで歩くんだ」。ワトソンは、父の唯一の訓えを聞かず、十歳で既にギタァ弾きとして暮らしていた。思いきり罰当たりな歌を毎晩歌い、山程録音した彼は、今日もアメリカ中を巡業している。

暇つぶしに、古道具屋へ行った。ヴィンテージ・ギタァといわないまでも、ブルースのSP盤でもあればとおもったのである。

床屋の隣にあったその店の中には、夜逃げ前のガレージ・セールにも恥ずかしくて出せないようなガラクタが並んでいた。把手の無いアイロン。旗が失せた国旗掲揚棒。鍵盤の抜けた足踏みオルガン。

その瓦礫の中に、私は頭蓋骨を見つけた。

アメリカの古物店や骨董屋で、人骨を見かけるのは、そんなに珍しいことではない。コロラドで、パット・ギャレットの大腿骨と称する物が売られているのを見たことがある。

店の親父が、トウモロコシ臭い息を吐きながら、「そいつは、硫黄島の日本兵のだよ。」と言った。性質の悪い与太を言われたと思い、視線を尖らせると、さして悪意もなさそうに続けた。「この辺で海兵隊に同郷志願した連中は、大体第四師団に配属されたんだ。戻ってきたのはほんの少しだったよ。」

確かに、大東亜戦争においてアメリカ海兵隊の第四師団は幸運ではなかった。日本本土への橋頭堡を築く、「ヒロヒト・ハイウェー」作戦のために、サイパン島、硫黄島で戦い、六割近い損耗を被った。

「こいつは、生き残りの土産ってわけだ。こんなものまで売るんじゃ、碌なくらしじゃなかったろうが。」

デタラメだと思いながら、近づいて見ると、どうにもそれが日本人のもの、硫黄島で戦死した日本兵のものに違いないと思った。と同時に、確固とした直観として、硫黄島で死んだ折口春洋の事が想起された。

…………………………………

激戦が続くと兵士のモラルが低下し、残虐行為や遺体の損壊等の事例が発生するのは、洋の東西を問わない。大東亜戦争では、米兵による日本兵の遺体破壊が散見された。戦時中のタイム誌には、恋人が送ってきた日本兵の頭蓋骨を抱えてほほ笑む娘の写真が掲載されている。ルーズベルト大統領は、海兵隊員の送ってきた「日本兵の骨で作ったペン」を執務で愛用していた。

日本軍二万百二十九人が戦死、または玉砕し、米軍も六千八百二十一人が戦死、一万一千八百六十五名が負傷して、太平洋戦線中で唯一米軍の損害が日本にほぼ等しかった硫黄島では、戦闘の終了後遺体から沢山の頭蓋骨が奪われた。

昭和十九年七月二十一日、折口信夫は胆七三七八機関銃部隊の少尉として硫黄島に派遣された藤井春洋を、養嗣子に入籍した。

折口信夫の「そのもっとも愛された人」であり、「二十三の時から硫黄島で戦死するまで、迢空の身の廻りや雑誌出版社、講演、金銭の出し入れまで、迢空のいうままに仕事をし、二人は兄弟のように仲善く、或る時はわかい二十三の妻と四十二歳の男とが暮ら」すようにしていた折口春洋は、「女にあるものよりも、もっと手強いくらくらとした眩暈」(室生犀星)を折口に与えていた。

春洋の故郷、石川県羽咋郡一宮村に、「もつとも苦しき戦いにもつとも苦しみ死にたる前の陸軍中尉折口春洋及び父信夫の墓」と記された墓が建っている。だが、この墓所には、春洋の遺骨は一片も納められていない。

∴

敗戦後、折口信夫は神道の改革を訴えた。「神道のわが友人よ。あなた方、さうして私ども、どうかすれば、神道は今のまゝ——儀禮傳承者の護持して來た神社は神社のまゝで、宗教の形態を備へてゐるものだ、と若しや信じてゐるのではないか。私は私に言ひ聴かせる。あなた方もあなた方に、よく説得して下さい。神道は宗教以外のものではない。だが成立した宗教ではない。」(「神道の友人よ」昭和二十二年)

ここで折口信夫は、神道が素朴な祖霊信仰でもなければ、文化儀礼でもなく、宗教にほかならないことを強調しつつ、神道が宗教の備えるべき体裁をもっていないことに注意を喚起している。

神道を宗教の領域に置き、一層の宗教化を促す折口の呼びかけは、昭和二十年十二月十五日の神道指令をはじめとする、占領軍の宗教政策に追随しているかのように見える。

だが神道を完全な宗教にするという考え方は、新憲法が規定する政教分離に則っていた訳ではない。「天皇御自ら神性を御否定になつたことは神道と宮廷との特別な關係を去るものであり、それが亦、神道が世界教としての發展の障碍を去るもの」(「民族教より人類教へ」)だと言う折口は同時に、「今の天皇は、宗教家になつてくだされればよかつた。ローマ法王のような、神道の教主になるとよかつた」とも語っている。神でなくなった天皇を(それは従来の折口の学説を踏襲するものだった)神の代理人として、より決定的かつ正確に神道の中心に据えることで、八紘一宇を実現しようとしたのであって、神道を天皇の政治的象徴性から切り離すことで、いわゆる国家神道を解体しようとした占領軍の意図とは完全にずれている。

折口信夫の言う「神道の宗教化」が、神道をキリスト教化する、キリスト教に学ぶことを含意していたことは間違いない。折口にとって日本がアメリカに負けたと言うことは、そのまま「我々の神々」がキリストに敗北したことを意味した。

だが「神々が何故敗けなければならなかったか、と言う理論」は、キリスト教に比べて神道が体系化されていないとか、アニミズムであるとか、罪や責任といった観念がない、といった地平では考えられていない。ただただ「宗教的情熱」のみである。

昭和二十年の夏のことでした。

まさか、終戰のみじめな事實が、日々刻々に近寄つてゐようとは考へもつきませんでした。その或日、ふつと或啓示が胸に浮んで來るやうな氣持ちがして、愕然と致しました。それはこんな話を聞いたのです。あめりかの青年達がひよつとすると、あのえるされむを回復する爲に出來るだけの努力を費した、十字軍における彼らの祖先の情熱をもつて、この戰爭に努力してゐるのではなからうか、と。もしさうだつたら、われ〳〵は、この戰爭に勝ち目があるだらうかといふ、靜かな反省が起って來ました。

けれども、靜かだとはいふものゝ、われ〳〵の情熱は、まさに其時烈しく沸つてをりました。併しわれ〳〵は、どうしても不安で〳〵なりませんでした。それは、日本の國に果して、それだけの宗教的な情熱を持つた若者がゐるだらうかといふ考へでした。日本の若者たちは、道徳的に優れてゐる生活をしてゐるかも知れないけれども、宗教的の情熱においては、遙かに劣つた生活をしてをりました。（「神道の新しい方向」）

折口は、敗戰という神々の敗北において、何よりも「宗教的情熱」を取り戻すために、神道を宗教化しようとした。

だが「情熱」の回復を目的として、神道を宗教化するという論理の道筋は、容易には理解しがたい。一体折口の言う「宗教的情熱」とは如何なるものなのか。

折口は情熱の理想形として光源氏を挙げている。「人によつては、光源氏を非常に不道徳な人間だと言ふけれども、それは間違ひである。人間は常に神に近づかうとして、様々な修行の過程を踏んでゐるのであつて（中略）光源氏にはいろんな失策があるけれども、常に神に近づかうとする心は失つてゐない。」（「反省の文学源氏物語」）

光源氏の「神に近づこう」とする道は、恋愛に措かれている。情念や欲望に対して、「どこまでも甘く、どこまでも弱くて無抵抗なのが、結局戀愛の上では一番正しい道を歩いて行く事」であり、「源氏の道徳、倫理的完成」を叶えたと言う。

折口は、光源氏の「倫理的完成」の具体例を、「柏木」の段に見いだす。「唯若いと言ふ一點だけで、一度だつて人に遜色《ヒケメ》を感じたことのない自分から、愛を盗ん」だ柏木衛門督をいびり殺す源氏の行動と心理を分析して、「心の底に深い嫉妬を煽」り立てる源氏の「名状出來ぬ怒り」こそが、「やまとの國の貴人のみさを」であると。折口信夫に拠るならば、恬淡さや潔さではなく、「思ひ隈な」い執着の深さこそが、精神的美徳であり、神へと通じる修養の基なのである。

折口自身が、「思い隈な」い欲望の権化であり、執着の悪鬼だった。「僕から離れて行ったものは、みんな不幸になるね」と常々折口は語っていた。そこに背いた弟子を攻め殺す呪いがあった。折口春洋と共に、最も愛された弟子である加藤守雄は、『わが師・折口信夫』でその「思い隈な」さを克明に記している。突然布団の上から抱きすくめて「ぼくの言うことを聞くか。聞くか」と脅す。加藤が逃げ出すと、使いのものが鴨の丸焼きを届けてくるが、その鴨を包んでいた油まみれの紙に、細かい字で一面に恋文が書いてある。折口は追う。徹底して追い詰め、狩りたて、誘いだす。加藤を名古屋の実家にまで追い、疎開したと聞くとそのまま午前三時まで歩きづめて、途中防空壕に落ちた、血まみれ泥まみれの姿で、突然玄関にあらわれる。加藤を追い込んだ部屋の鴨居から鴨居に紐を通し、墨染めの下帯を張り渡し、「秘密の祭儀のための祭壇」のように寝床を覆う。

∴

折口信夫が神道の「宗教化」を語る時、教理上の問題は二次的にすぎない。「宗教的情熱がまづあつて、信者の情熱がまづあつて、信者の情熱を捲き動した。之を整理したのが、教主であり、祀る佛も其後に現れた。勿論經典などは、問題ではなかつた。」(「神道の友人よ」)

だが教主も、仏も経典も問題でないのならば、なぜ神道を宗教化し、キリスト教化しなければならないのか、という前記した疑問を提議せざるをえない。

実はこの点にこそ、折口信夫の真骨頂がある。

折口にとって神道がキリスト教化することは、けして神道の本質の否定ではない。まったく逆にキリスト教のような「外来魂」を乗り移らせ、吸収する事が神道の本来的なあり方であり、そのような変化からこそ、常に神道はその神威を回復し、宗教的情熱を沸騰させてきたのである。

そもそも折口に言わせれば、神道には外来の文化に侵される前の純粋な原型などは存在しない。「佛教が社會を規定してゐた時代には、佛教的な神道が生まれ、儒教が世間の指導精神となつてゐた時代には、儒教的な神道が現れたのである。が併し、尚も陰陽道が盛んになる以前の古い時代に於ても、種族的な信仰としての陰陽道が神道にとり入れられ、神道の神學の一部を形成した」。ゆえに「神道要素として含まれてゐる佛教・陰陽道・道教・儒教などを取り除いて見れば、神道として考えられるものがなくな」ってしまう。

神道の本質は、外来の要素を取り去った後に残る、原型に有るのではなく、間断なく「外来魂」を受け入れ、常に変化してきた経過にある。また折口は近代における神道の衰退を、国学者たちが文献的な理性によって、神道から外来の要素を拒み、純粋な「原型」を追求したことに求めている。

神道は絶え間なく「外来魂」に身を委ね、変化し続けることで生命を得てきた。それはまた限りなく変わり続ける日本人の生活そのものであり、また日本人自身の姿である。

神道こそが、常に変わり続けるという闊達と柔軟において変わらない、日本人の精神の精髄であり、本質である。

このような神道観が、折口民俗学の中心概念である、ミコトモチに対応していることは言うまでもない。

ミコトモチ理論からすれば、至上の神のミコトを得た天皇は、その身体としては神ではないが、ミコトが寄寓していることによって行動や言葉は神そのものとなる。天皇は神ではないが神である。正月の鏡餅は、生き御魂が訪れる神体であるし、餅である。

折口に拠ると、私たち個人個人の魂は、けして固有のものではない。外からやって来るものである。「日本の古代人の信仰の——最も單純な形——原始的とは言はぬ——と思はれるものは、たましひが自ら來つて人に寓ると、信ぜられた事だ。」

つまり折口的論理の核心は、あらゆる内在的な自己同一性を否定することにある。折口は内在的な神を、魂を、精神を、教義をすべて外へと投げ返す。そしてこれらの神々や魂の来訪と出発を、ミコトを伝え、広める無限の旅程を、生命が湧く力の根源と見做す。

∴

戦後に行われた柳田國男との対談で、「マレビト」「ミコトモチ」論の根拠をしつこく追及された折口は、「何ゆえに日本人は旅をしたか、あんな障碍の多い時代の道を歩いて、旅をどうして続けていったかという」疑問から、自分の探求が始まったことを明かしている。

「台湾の『蕃族調査報告』あれを見ました。それが散乱していた私の考えを綜合させた原因になったと思います。村がだんだん移動していく。それを各詳細にいい伝えている村村」の話を検討してみると、これらの村の移動は、「どうしても、われわれには、精神異常のはなはだしいものとしか思われない」ような「宗教自覚者たち」によって先導されている事が明らかになってくる。

この事例を日本の古代にあて嵌めて、敷衍した結果、人が、軍勢が、村が、王宮が、各地を移動し、或いは遠征を重ねている日本の古代の旅は、「どうしても神の教えを伝播するもの、神になって歩くものでなければ」説明がつかない。

「何ゆえに日本人は旅をしたか」という問いは、古代のみに投げかけられているのではない。むしろ、近代の、現在の日本人に対して、向けられている。

私たちは、なぜ旅をするのか。「精神異常」のように、故郷を離れ、町から町を渡り歩き、住居を変えるのか。信条や思想を取り替え、常に新機軸を求め、国を作っては壊し、風景を改め、夥しい物品を生産し、山を崩し、海を埋め、地球の全表面を駆け巡らなければならないのか。

折口信夫は、人はなぜ旅し、また変貌するのかという流離への問いを設けることで「神」の意義を転回させた。私たちの放浪が、神の「ミコト」によって説かれた時、私たちの強欲さ、悪辣さ、孤独と悲惨は、神の道となった。さまよい続け、変わり続ける意志は、「宗教的情熱」であり、天上の神から私たちに放たれた雷である。

私たちには魂がない。

私たちには召命がない。

私たちには、如何なる独自性もなく、また正体と呼べるものすらない。

私たちには、私というものすらない。浄土も、天国も、未来も過去もない。

この全き自由を、祝福を、折口は神の名において私たちに与える。この全き空虚が私たちを無限の歩みへと駆り立てる。

私たちは、様々な魂が往来する十字路にすぎない。それゆえに私たちもまた常に十字路にたって、歩きださなければならないのだ。

私たちは、自らの屍を海の底へと投げ出すまで歩き続ける。私たちは、山中に屍を苔むさせるまで歩き続ける。たとえ髑髏となっても、大洋を横切り、大河を遡り、大君のミコトを持ち伝える。

海行者、美郡久屍、山行者、草牟須屍。大皇乃、敝尒許曾死米。可敝里見波勢自。

IV

日本という問い

古美術に関心をもっていると、日本人の美意識が非常に特殊であることに気づかされる。例えば、鉄の錆への愛着。世界中にあまたの文化があり、美意識や感受性の形がありながら、錆に美しさを見いだし、系統的に鑑賞しているのは日本人だけである。

茶釜は云うに及ばず、鉄瓶や火箸、茶托などの赤錆、黒錆の発色、肌合い、風情を、私たちの先祖は嘗めるように愛しんだ。刀剣においてすら、刃の地紋や鞘鍔の作りに劣らず、中心《なかご》の錆の金味は貴重な要素として扱われてきた。

桜炭で熾した火に釜をかけて、肌を湿した綿布で撫で、辛抱強く錆を育てていく行為を産んだ感受性は、けして過去の遺物ではない。私ですら、赤錆が年月を経て固まったアパートの手摺りを、酔って昇る時何の気なしに把んで、感触の柔らかさと、落ち着いた存在感の甘さに、思わず胸を衝かれる事がある。

なぜ私たちは、錆のような物に美を見いだし、感情を揺さぶられるのだろうか。特殊であり、素朴でありながら極度に洗練され贅沢でもあるような嗜好を抱くようになったのか。その答えは簡単には得られない。このような感受性は、私たちの経験の隅々に浸透し、物の考え方や、価値観、行動や生活の底の部分に息づき、人生の豊饒と悲惨の両面を貫いている。

この感性の意味を問う事は、そのまま私たちが、日本人であるという事の意味を、つまり日本とは何か、と問う事につながっている。私は、この問いこそが、文芸批評の根本的な、唯一の問いだと思う。

∴

「日本」という問いは、支那文化、なかんずく漢詩にたいしてレゾンデートルを示さなければならなかった古今歌壇において、初めて意識的に提示された。山田孝雄が考証したように、それは日本最初の文芸批評としての歌論が、紀貫之に創始された時でもある。

作歌を媒介として日本を問う批評は、武家と対立した後鳥羽歌壇において、王朝のアイデンティティを担った。度重なる歌合の場で錬磨された批評眼は、鎌倉の新仏教と交錯する地点で、「わび」「すさび」「さび」に結晶する。

その後日本への問いは、朱子学批判から生まれた日本的儒教の影響下に勃興した国学をへて、西欧文学に対抗しうる日本文芸の確立を志した正岡子規から河東碧梧桐、折口信夫らの短歌、俳句革新運動まで連綿と受け継がれている。

小林秀雄が、『様々なる意匠』において、文芸批評を批評対象である小説や詩歌から独立させた時に、その問題意識には、批評の文学史や文学理論からの独立と共に、日本への問いが意識されていた。

この試みの完成が、『無常といふ事』をはじめとする、大戦前後の連作である。これらの作品で、近代文芸批評は、一個の文芸作品としての存在を獲得し、その本質を日本への問いかけとして開示した。

∴

平安歌壇から近代文芸批評まで、日本の文芸は、日本とは何かと問いつづけ、この問いから、日本の四季の様々な表情を観察し、歴史と人生を眺め、歓喜と悲嘆に見合う言葉を紡いできた。

私も、批評文を書くに際し、日本を正面から扱わないでいられない。西欧の文学や歴史について書く時でも、私の頭から日本が離れた事はないし、日本の文学者として論じるという立場を離れた事はない。

このような姿勢にたいして、反時代的、時代錯誤という批判も少なくない。当然の事だと思う。

戦後、「日本」という問いやその感受性を軽視し、あるいは抑圧する趨勢は優勢であった。

ドイツにおいて、ナチズムへの反省と称して言葉と文芸が窒息させられたように、日本でも同様の試みが展開された。その風潮は、戦前の文壇を知る作家が退場した昭和四十年代後半から甚だしくなり、現在に至っている。その点からすれば、私は孤独である。しかし、如何に海外の意匠をうまく展開しても、政治的、道徳的な判断から根本的な問いを避けているならば、それは批評ではありえない。人は、いつかは自分とは何者かと問わなければならないし、その時には、現在の日本に批評が不在である事を認めざるをえないだろう。だが、私の抱いている答えも、夏の昼間、強い陽差しに照りつけられて、くちなしに似た匂いを発する鉄橋を歩む陶酔のような物でしかない。あるいは、驟雨の廃材置場に棄てられている、捩れた交通標識の、縹色の誇らしさ、といった印象でしかない。

絶望と幻滅と高揚の中から、あらゆる感覚と生活の経験から、私は私の日本を作り、文業を形作ろうと試みる。それが、日本の文芸批評であると、私は信じている。

生活の露呈——河井寛次郎論

明治以降、日本の芸術に起こった変化を、ひとまず作品化として考えてみる。此処で云う作品化とは、正岡子規が和歌、俳諧を短歌、俳句へと移し替える際に試みた、形式、表現、意味等の文脈の切断、あるいは交換の様な操作を意味する。此の様な切断は、絵画や工芸について考えてみれば、鮮明に理解されるだろう。例えば岡倉天心は、大和、狩野の両派に何をしたか。天心は、士大夫の素養と云う支那の文脈に則る南画の下、無教養な職人として逼塞していた絵師たちに、文人めかした支那かぶれの輩ではなく、伝来の技能を伝えた彼らこそが、誇るべき日本美術の担い手である事を説き、芸術家としての誇りを与えた。

この意識変化は、一面において、高村光雲と光太郎父子の相克に象徴されるような、身分的職能から自覚的使命への転換として現れた。と同時にまた、知識階級による素人芸を南宗と呼んで其の精神性を貴び、職業的画人を北宗として卑しんできた支那的技芸意識から、天才的芸術家の創造行為を、世界精神の発現として扱う、西欧近代的芸術観への移行でもある。

天心が齎した変化は、芸術家としての自覚、社会的地位といった作者のアイデンティティに於いてよりも、作品のアイデンティティの変換として、より決定的であった。

其れは勿論画題の変化であった。従来の画帖や古典的主題を反復するテーマ選択の範囲を大きく離れて、日本の神話や歴史から選ばれた劇的な場面が取り上げられた。

復た形式、描法の変化であった。輪郭線に因る対象の把握から、色彩、色価、光線による全体的把握へ移行し、印象派的な朦朧体等が導入された。

或いは展示方法の革命であった。好事家はもとより、作者の間でも同門の作以外は所蔵家の好意に縋る拝見という形式しか持ち得なかった鑑賞方法を、展覧会、会派展という形式で社会に向かって開放し、そこに鑑賞する公衆、大衆を生み出した。其処から必然的に、作者、作物に対する評価が、玄人間での評判、値踏みからメディアでの論議へと移行した。

此の変化を、創作活動の「作品化」「商品化」として把える事が出来る。

其れは新しく作られる物だけでなく日本の美術全体を襲った運命であった。箱書きや伝承に包まれた伝来の宝物が裸に剝かれ、物質的、文献学的検討を経て、その価値や真贋だけでなく、作者、製作年代に至る迄が、「作品」としての新たなアイデンティティとして付与された。

「作品化」の過程は、其のまま美術が市場に晒される「商品化」の過程でもあった。明治から昭和初期迄、芸術的公衆にとって最も大きな鑑賞の機会は、院展を始とする各種結社の展覧会、公募展と、常時何処かで開催されていた旧家所蔵作品の売り立てであった。歴史上未曾有の規模で、美術品が市場に現れ、その一部は海外へと流出した。明治は、山中商会のような美術商が、輸出高において三井、三菱と比肩するような時代であり、先祖の蓄積を売り払う事で近代化の収支は危うく破綻を逃れていた。

少壮の文部官僚だった天心の訪欧時の日記が、ヨーロッパの芸術作品に対する印象と並んで、工芸産品の分析、観察に向けられているのも、天心にとって日本美術の振興が、国家経営の問題意識と切り離せなかった事を示している。

∴

芸術が流通を前提とする「作品」に成ったという事は、従来の存在形態から、引き抜かれ、切り取られた事を意味している。

近代以前において、美術は、そしてその鑑賞は、生活と連続していた。絵画は、その周縁を金襴や古切れ、唐紙等で囲まれ、画面の鑑賞と表具の含意、象徴は切り離せないものだった。

さらに表具は床の壁土の風合に連続し、また伊賀焼の、滴るようなビードロの輝く掛け花入れに連なり、可憐な山花や椿の花弁を映し、伝来の茶碗や心尽くしの懐石と共に、折々の行事や招待、葬祭に於ける寄り合いと密接な関係を保っていた。

近代的芸術観は、旧来の事物、習慣の総てから絵画の「画面」だけを切り離し、自立的価値をもった存在と見做す。同時に其の確立の地点から、「切り離し」を批判し、創造行為を生活全般に基礎づけようとする指向が生まれた。その反発の主体を、広義の民芸運動に措く事は、的外れではないだろう。

だが民芸運動は、極めて逆説的な構造を帯びざるを得なかった。「作品」が帰るべき場として想定されていた「生活」其の物が、或る意味では芸術以上に近代化の波を受けていたからである。

文明開化が齎した影響は、日本人の暮らしを根本的に変えてしまった。鎖国体制の中で相対的に安定していた社会は、産業化の要請により旧来の時間感覚や家族、地域の性格を失った。間断無く続く生産様式や人間関係の変転は、生活様式を常に不安定にしてきた。

有り体に言えば、民芸運動が一義的に標榜していた、生活の要請に立った「用」の視点なるものは、近代日本には存在しえなかった。それは常にフィールド・ワーク等の膨大な努力によって発見され、あるいは知的、理論的に想定された価値観として機能してきたのである。

実質的には失われてしまった「生活」に向けて美術を論じ作品を創造する事は、否応なく、あるべき生活の想定を前提とせざるを得ない。そして、時にこの想定は、あるべき生活の姿を、最も安易な社会改良や革命思想の戯画として描き出した。

此の辺の経緯を保田與重郎は、極めて繊細に把握していた。「民藝運動の始めに、民藝の『民』を『民衆』の意味だといつた時は、その主張の本質と、實物を傳統や歴史から考へるよりも、當時震災後の日本の社會思想に無意識に追從するものの方が多かつた。氣分的に貴族主義にゐた人々が、舊來貴族主義的藝術を排し、民衆の中でつくられたものを推賞して、實用のものの美をもとめると唱へた。」(「民藝運動について」)

此の様な「社會思想」に「追從」する主張は、「日本の國土の民衆を云ふよりもさきに、開化の理論を抽象的に云つたもの」(「現代日本文化と民藝」)に過ぎない。

保田與重郎は此の点に於いて、民芸運動の本質を、柳宗悦ではなく河井寛次郎に見出している。「『民藝』の本義を『民族の造形』といふ固有感で考へようといふ、精密な科學的態度は、河井寛次郎先生の長い歳月の思ひだつた。私の考へでは、柳先生の思想とは、この點で本質的といつてもよいほどの異同を見た。」(「民藝運動について」)

保田が、「民藝」の「民」は「民衆」ではなく「民族」の謂であると語っているのを、社会主義的な文脈から、ドイツ文献学的な民族理論へと「民藝」の「抽象的」理論を転換させたと理解してはならない。此処で保田が、「民族」という言葉で示そうと試みているのは、けして理論としては抽出出来ない、ある感覚であり確信であった。

それはもとより「單なるハイカラや文明開化」ではないが、同時に「精密な論理で、『近代化』に對立する運動でもなかった」（同上）のである。

其れは即ち、「日本ではどんな生活の中にも、美的世界が嚴存し、それがくらしの根柢だつた。さういふものの下にゐて、全く美と無縁といふものは殆ど無」かったと云う確信である。この「くらしの根柢」に則った「民族の造形」は、「日本の文明の歴史を形成した筋金の一つ」であるばかりでなく、「多量生産とさへ相反する原理ではない」（同上）。

∴

W・モリスらのアーツ・アンド・クラフツ運動に範を取った（柳自身はモリスらに対して極めて否定的な態度を取っているが）民芸運動は、「古い材料、古い技法」という形で「観念を固定化」しているために生活そのものを見る目が「固定化」し、貴族的社会主義運動に堕してしまった。

それは近代芸術が生活から作品を切り離したのと同様に、生活を歴史から切り離し、一種の「作品」あるいはスローガンとして抽象する事を意味していた。

だが保田與重郎は、伝統やくらしを、日本人の精神生活全般、あるいはそれ自体として把えていた。「神とは何かといふ議論にばかりこだはるやうな神學は、光明な神道にくらしをおいたわが國にはなかつた。道徳が高度にゆきわたり、くらし自體が道の根柢だつた『神國』に於いては、必要ないところの議論である。極めて濃厚に、そして包容的に、宗教の生活をした我國では、宗教は情緒として、行儀作法の美しさとして、くらしの端々に及び、つひぞ神學の議論に執着闘争した例がない」(同上)。

此処で保田が「神學」と呼んでいるのは、絶対神、唯一神を巡る形而上学的な議論や、戒律だけではない。「生活」なり、「民衆」なり、「藝術」なり、あるいは「傳統」や「民族」といった対象を、外から其の如何を問う事を「神學」と呼んでいる。あるいは如何なる制作を如何なる生活の上に立てるべきかという美学的民芸の問いも「神學」である。「神學」の対極は、信仰である。「私は古から各國各民族のつくつた日用の美は、すべて、その日の有用を考へたものでなく、殆ど永遠の用に耐へるといふ思ひやりと、もつたいないとの考へ方から出たもののやうに思ふ。かういふ時に、かういふ形で、『永遠』といふことばを用ひることは、極めて不用意だと思はれるかもしれないが、私はさう考へない。大様にいついつまでも、といふことは、誓ひでもあり、又願ひでもある、それは生命の原理である。自他の安心となり、神佛への歸依心の始まりとなり、わが良心の充足でもある」(同上)。この信とともに、「民族の造形」も、「美」も生活も在る。

「生活」とは、外から設計したり検討したりするものではなく、その中で暮らす事だと云う、それだけの、当たり前の事が、どれだけ大変な、確固とした認識であるか。それを河井寛次郎の作品は、如実に表している。保田はそのように河井の作品を見た。保田與重郎の記憶に拠るならば、「私がさういふまへに、棟方志功が嘆息」して、「河井寛次郎は國始まつてのこの方の陶工」であると云った。

だが私が初めて河井の作品に接した時に感じたのは、これが作品と云うものか、陶芸と呼べるのか、という驚愕だった。

それはむしろ、岩とか、雪塊とか、雷鳴といった自然の物や現象をまの当たりにした体験に似ていた。

何よりも寸法が途方もなく大きい。京都の美術館で河井寛次郎の作品をまとめて見た時、美術書で見識ったグロテスクな装飾のついたキセルが、人の手では扱えそうもない位の太さ、長さ、重量感を持っていることに圧倒された。陶製の土俗神は、対面しているのが辛くなる、鑑賞に適当な距離を置くこと等許さない存在感を放射していた。

河井の作品が与えるのと同様の畏怖を、五年程前、黒田辰秋の欅の大椀を買った時に味わった。白洲正子氏が家庭雑誌のグラビアで魯山人の皿等と合わせている、黒田辰秋の椀が京都の骨董屋のカタログに出て、申し込んだ。

届いて直ぐに折り敷きの上に椀を載せると、息詰まる様な感じがしてならなかった。量感が凄まじく、肌もプロポーションも繊細であるのに、物としての猛々しさを溢れさせている。

河井寛次郎や黒田の作品の、「一切の現象に、眼をそむけしめるか、ないしその色を失はしめる」ような「魔力」や「豊満と華麗に加へて、今やものを生むいのちの原始」が、「造形の上で荒れに荒れ、八方に溢出」(「河井寛次郎」)する様は、一体何の力に由来するのか。

それは最早一個の作品の制作という領域で考えられないのではないか。「いのちの原始」を云々するのではなく、命其の物として、其の顕われに、驚き、渾身で感じ、拝まざるを得ない。

保田與重郎は、「中學生時代の終り」頃から古美術を見る事を好み、「國内は大方の端々まで訪ねて歩いた」だけでなく、朝鮮から北支に至るまで「異常な累積」を重ねた、と記している。

だが「三十を過ぎるころから、次第に別な興味をおぼえ始めた」と云う。「巨木奇巖や山河自然の奇異なものに對する、美的とか藝術的といふより振幅の廣い感銘が、次第に强くなつ」た。

土佐出身の山下奉文が、比島出征に際しての遺言の中で、自らの心の姿に擬したという土佐の大杉を眺めた時、保田は「偉大と悠久と畏怖の感銘」を覚え、「かういふものからうけるに似たものが、藝術の世界にもある筈である。それを歴史といふか、傳統といふか何といふかは知らない、或ひはもつと大きい道の象徴かもしれぬ」(「美術的感想」)と述懐する。

河井の作品は、おそらく保田の云う、もう芸術とも自然ともつかない、そのような弁別の無意味な、「振幅の廣い感銘」の上で生まれ、存在しているのではないか。

∴

本年の秋、鳴瀧の保田邸に伺う機会に恵まれた。谷三山の額が掛けられた座敷には、人差し指の先に火の玉がついたオブジェを始めとする河井寛次郎や上田恒次の作品が、一片の獰猛さもなく、静かに佇んでいた。

佐藤春夫は、晩年鳴瀧を訪れて、そのくらし振りに、保田の文人としての面目を認めたという。それは確かに、河井寛次郎の作を包容する、その存在に憩いを与え得る生活であった。

文人の責務は、あるいは工人、芸術家の仕事は、作ることではなく、くらす事にあった。あるいは作り、書くことがくらしになる事にあった。

其の様なくらしの中に永遠はあり、また「いのちの原始」は燃え上がり、最早人工とも自然ともつかぬ「偉大と悠久と畏怖」が日々の祈りとなる。

私は、ただ其れだけを鳴瀧で、思い続けていた。

私は此れまでの紙数を使って、生活とはその中でくらす事だと不器用に述べてきた。その驚きを伝えるのに、私の筆が拙いのは情の無い事である。

更に私は、自分がくらせていないことを弁え、そしていかにすれば、ただくらすことを、その信の道を回復し得るのか途方にくれている。

甘美な人生

物書きという商売をやっていると、知らない人に会う機会が多い。

初対面の記者や編集者に、色々な事を聞かれる。いつも、何をしているのか、等と尋ねられる。余程本を読んだり、勉強しているんだろう、と言われる。

本を読むのは、商売だから少しは読む。定収は必要だから、週に一度は千葉の短大に出る。

だが大概はぼおっとしている。思索しているのか、と買い被られるが、酒を飲んで、うるさい音楽を聞いている。筆ペンで古筆を倣ったり、安物の経文切れを掛けて居眠りをする。

それは、勿論書く。書けと言われれば、いくらでも真面目に書くが、大体は遊んでいる。

それではあなたの、文学者としての正体は何処にあるのか、と訊かれる。

だから、それはぼおっと遊んでいる処にあるのだ、けれど。

「遥か彼方では、未だに人生は甘美でありうるだろうか？」

ドリュ・ラ・ロッシェルの長編小説『ジル』の、結末近くの一節である。

第一次世界大戦の塹壕から生還した主人公ジルは、二十年に及ぶ放蕩と政治的彷徨の後に、スペイン戦争のファシスト陣営に義勇兵として参加する。エストレマドゥーラ地方の闘牛場で、赤軍に包囲された主人公は、絶体絶命の窮地で銃を射ちながら、前文のように述懐する。

十八歳の時私は、この一節に出会って、それが問いかけでしかないにも拘わらず、一つの回答を得たと錯覚してしまった。

作家にとって「彼方」である筈のスペイン戦争の渦中で、なぜさらなる「彼方」を問わなければならないのかも、「彼方」において問われている人生の「甘美」さとは何かも解らないまま、「人生は甘美だろうか」という彼の問いかけだけが確かな物であると、私は思い込んでしまったのである。

ドリュが、スペインでの戦死などという「甘美」な最期を遂げず、ナチス占領下のフランスを「歌と踊りの王国」にするファシスト革命という分の悪い博打に手を出した末、自殺した事も知らない訳ではなかったのに。

甘美な人生という言葉と、たとえ非道な放蕩や悪逆な政治に手を染める事になっても陶酔を追求するという覚悟が、自分に相応しい唯一つの烙印であると、十八歳の私は考えていた。

∴

この世に甘美な物は、どれ程あるだろう。紛れもなく、美しく甘い、シャトー・ディケムやジレといった、黄金色の酒。秋の木の実をたらふく食べた野鹿の、南海の花粉のような芳香を発する肉、唇の先で震える片貝の腸の凍てつくような歯ざわりにも、形容を越えた味わいがある。

しかしまた、夏の夕暮れに、路地に打たれた水から立ち上る匂いも甘く、冬の終わり、深酒に浸った早朝に見る、白木蓮の蕾みの先の尖りも甘い。普段見逃していた、屑鉄か何かがおいてある近所の空地に、夜目突然満開で現れる桜も、恐ろしく、甘い。

訪れそびれてしまった人の、部屋の鍵がポケットで立てる音。借りたままになってしまった、名前も知らない娘のハンカチの手触り。突然、それと解る失寵の気配。かつての女王が、耳許にかすかに残す面影。

無為に暮らした時間が、過ぎ去って行く速さも格別に甘く、突然蘇る、遥か昔の裏切りも、仄かに甘い。
生きているという事自体が、その味わい嘗め尽くすべき瞬間と我に反る機会の総てに於いて、甘美たりうるし、残酷な程甘い物である。此岸を「彼方」として生きる明確な意志さえあれば、人生は「甘美」な奇蹟で満ち溢れる。

∴

月並みな日常を観照すべき「彼方」に変える方法について、松尾芭蕉の「笈の小文」は、以下の様に書いている。「風雅におけるもの、造化にしたがひて四時を友とす。見るところ花にあらずといふことなし。思ふところ月にあらずといふことなし。像、花にあらざる時は夷狄にひとし。心、花にあらざる時は鳥獣に類す。夷狄を出で、鳥獣を離れて、造化にしたがひ、造化にかへれとなり」

芭蕉は、大して複雑な事を言っている訳ではない。「夷狄」や「鳥獣」等という言葉にも拘る必要はない。人生の総てを甘美なものとする（「四時を友とす」）為には、人間の秩序を去って、森羅万象の魅惑によってのみ構成された「彼方」の秩序に従う（「造化にしたがひ、造化にかへ」る）しかない、と言う事である。

それが、一体如何なる体験であるか、芭蕉は『野ざらし紀行』開巻、富士川の一節で直截に示している。「富士川のほとりを行くに、三つばかりなる捨子の哀れげに泣く有り。

この川の早瀬にかけて、浮世の波をしのぐにたへず、露ばかりの命待つ間と捨て置きけむ。小萩がもとの秋の風、今宵や散るらん、明日や萎れんと、袂より喰物投げて通るに、

猿を聞く人捨子に秋の風いかに」

四十歳を過ぎて、俳壇の主流と絶縁し、独自の俳諧を追求するために旅だった芭蕉の眼前に、捨子が現れた。芭蕉は「袂より喰物投げ」るだけで、手を差し伸べる事なく立ち去る。

「猿を聞く人」という句で芭蕉は、古来断腸の悲しみを猿の声に譬えてきた漢詩人たち、そしてその衣鉢を継承した本邦の文芸にたいして、「猿」の悲鳴どころか、「捨子の哀れげに泣く」声すら捨て置く自身の決意とその勁さを「いかに」と誇っている。

およそ倫理や、社会道徳に迎合する事のない、人間主義、平和主義、人道主義といった美辞麗句を唾棄する精神が、風雅の本質にある。世俗の最も愛情こまやかな絆からさえ逃れ出る耽美への意志は、甘い夢を現世に投げかけるのではなく、逆に深く現世の真実を穿つ。

芭蕉が、捨子を看過したのは、それが世間への決別であるからと同時に、彼自身も行く末が危うく、捨子同様明日屍を「野ざらし」にするかもしれない身の上にあるからだ。いわば、人は誰もが「三つばかりなる捨子」の様な存在であって、その点からすれば、誰も他人を真実に救う事など出来ないし、助けて貰う事も出来ない。

それでは余りに寂しく辛いので、誰もが、助けたり、助けられた振りをしてごまかしている。唯「彼方」で生きる事を志した者だけが、人間たちの黙約を踏み躙り、骨肉相食む現実を暴かざるを得ない。

此の世の、如何なる酸鼻であろうと許容する覚悟がなければ、風狂の徒は「四時を友」とする事が出来ない。あらゆる醜い想念や憎悪をも、厭わず我が心の動きとして眺めなければ、「見るところ花にあらずといふことなし。思ふところ月にあらずといふことなし」と断言できない。愚劣で、無意味な生存を肯定するからこそ、「野ざらし」に決着する運命を、甘美な人生として味わう。

∴

極道に生まれて河豚の旨さかな　　勇

後記

本書は私にとって最初の文芸批評集である。編むにあたって、西欧文学にかかわるもの、政治や歴史、思想にかかわるもの、文庫の解説等は除いた。

そのことに明瞭な理由はないのだが、それでも理由のようなものはある。読んでいただけば、解って貰えるかもしれない。

無論、こうした体裁の本であるから、拾い読みをされるのは仕方がないことだし、手にとっていただけるだけで嬉しいのだが、出来ることならば通読してほしい。

特に構成とか、流れといったものを意図しているわけではないが、様々な光景や響きを眺め、聞いて貰えるようにしたつもりである。首尾一貫はしていないが、ちょっとした旅行になっていると思う。

個人的には、最初と最後の文章だけでも読んでもらいたい。誰もが受け入れてくれる文章ではないと思う。どちらかというと反発を招く、嫌われる文だろう。

だが私にとって、このような評論集を作るということの意味、あるいは文章を書くということの真ん中にあるものが、そこにある。

∴

出版に際しては、『日本の家郷』につづいて柴田光滋氏、中村睦氏の手を煩わした。またいつもながら繁雑な校正、引用の照合をやって下さった新潮社校閲部の方々に御礼を申しあげたい。

総ての御名前を挙げることはしないが、初出の各誌編集者の方々にも御礼を申しあげる。特に『新潮』の坂本忠雄氏、中瀬ゆかり氏、『イロニア』の吉村千穎氏、萩原志保子氏には、大変お世話になった。

∴

前著や、本書に含まれている諸編を読んだ先輩や編集者の方から、これは文芸批評か、という問いを何度もかけられた。無論わざと「らしく」なくしている訳だが、それでもそのようなラディカルな問いをかけられると、無法者も少しはたじろぐ。

だが筆をとっている時には、これこそが文芸批評だという昂ぶった気持ちが、常にあった。何にも似ていない批評を書く、という意志があった。私の文の欠点や錯誤、そしてあるとすれば美点も、そこに由来するのだと思う。
改めて、私の数少ない読者に感謝して、臆面なくこの言葉を呈したい。

TO THE HAPPY FEW！

平成七年四月二日

福田和也

引用・参考文献

本書の性格上、読み易さを考えて引用・参照等の文献を挙げなかった箇所が少なくありません。注記の省略をお詫びするとともに、改めて著者、訳者、注釈者、編者の皆様方の学恩に感謝いたします。

『庭　日本美の創造』吉村貞司　六興出版　昭和五十六年
『太平記　二』山下宏明校注　新潮日本古典集成　新潮社　昭和五十五年
『ボルドー』R・M・パーカー・Jr.　楠田卓也訳　飛鳥出版　平成元年
『私の遍歴時代』三島由紀夫評論全集第二巻　新潮社　平成元年
『無常といふ事』新訂小林秀雄全集第八巻　新潮社　昭和五十三年
『批評について』新訂小林秀雄全集第一巻　新潮社　昭和五十三年
『デカルト讃』新訂小林秀雄全集第三巻　新潮社　昭和五十三年
『様々なる意匠』新訂小林秀雄全集第一巻　新潮社　昭和五十三年
「信ずることと知ること」小林秀雄　『新潮』臨時増刊小林秀雄追悼号　昭和五十八年
『畏怖する人間』柄谷行人　リブロポート　昭和六十二年
『マルクスその可能性の中心』柄谷行人　講談社　昭和五十三年
『探究Ｉ』柄谷行人　講談社　昭和六十一年

『探究II』柄谷行人　講談社　平成元年
『批評とポスト・モダン』柄谷行人　福武書店　昭和六十年
『ヒューモアとしての唯物論』柄谷行人　筑摩書房　平成五年
「『外部』幻想のこと」加藤典洋　『文学界』昭和六十三年八月号
「夢の外部」竹田青嗣　『文学界』昭和六十三年十一月号
『夜の果ての旅』L・F・セリーヌ　生田耕作訳　中公文庫　昭和五十三年
『向う岸から』ゲルツェン　外川継男訳　現代思潮社　昭和四十五年
『風の歌を聴け』村上春樹全作品①　講談社　平成二年
『世界の終りとハードボイルド・ワンダーランド』村上春樹全作品④　講談社　平成二年
『ダンス・ダンス・ダンス』村上春樹全作品⑦　講談社　平成三年
『眠り』村上春樹全作品⑧　講談社　平成三年
『国境の南、太陽の西』村上春樹　講談社　平成四年
『ねじまき鳥クロニクル』第一部、第二部　村上春樹　新潮社　平成六年
『欲望の現象学――ロマンティークの虚偽とロマネスクの真実』R・ジラール　古田幸男訳　法政大
学出版局　昭和四十六年
『雨瀟瀟』荷風全集第七巻　岩波書店　昭和三十八年
『雪解』荷風全集第七巻　岩波書店　昭和三十八年
『つゆのあとさき』荷風全集第八巻　岩波書店　昭和三十八年
『ひかげの花』荷風全集第九巻　岩波書店　昭和三十九年
『わが荷風』野口冨士男　集英社　昭和五十年
『テニスボーイの憂鬱』村上龍　集英社　昭和五十八年

『愛と幻想のファシズム』村上龍　講談社　昭和六十二年
『ボーイズ・ドント・クライ』田口賢司　角川書店　昭和六十三年
『河童』芥川龍之介全集7　岩波書店　昭和三十年
『或阿呆の一生』芥川龍之介全集8　岩波書店　昭和三十年
『闇中問答』芥川龍之介全集8　岩波書店　昭和三十年
『トロッコ』芥川龍之介全集5　岩波書店　昭和三十年
『秋山図』芥川龍之介全集5　岩波書店　昭和三十年
『玄鶴山房』芥川龍之介全集7　岩波書店　昭和三十年
『大導寺信輔の半生』芥川龍之介全集7　岩波書店　昭和三十年
『蜃気楼』芥川龍之介全集7　岩波書店　昭和三十年
『年末の一日』芥川龍之介全集7　岩波書店　昭和三十年
『たね子の憂鬱』芥川龍之介全集8　岩波書店　昭和三十年
『蜜柑』芥川龍之介全集3　岩波書店　昭和二十九年
『志賀直哉』高橋英夫　河出書房新社　昭和五十八年
『蝗の大旅行』『佐藤春夫』ちくま日本文学全集22　筑摩書房　平成四年
『田園の憂欝』『佐藤春夫集』現代日本文学大系42　筑摩書房　昭和四十四年
『李太白』『佐藤春夫』ちくま日本文学全集22　筑摩書房　平成四年
『F・O・U』『佐藤春夫集』現代日本文学大系42　筑摩書房　昭和四十四年
『美しき町』『佐藤春夫集』現代日本文学大系42　筑摩書房　昭和四十四年
『厭世家の誕生日』佐藤春夫　岩波文庫　平成二年
「散文精神の発生」『退屈読本』上　佐藤春夫　冨山房百科文庫　昭和五十三年

「うぬぼれかがみ」佐藤春夫　『新潮』昭和三十六年十月号
『文章読本』谷崎潤一郎全集第二十一巻　中央公論社　昭和五十七年
『蘆刈』谷崎潤一郎全集第十三巻　中央公論社　昭和五十七年
『雪後庵夜話』谷崎潤一郎全集第二十二巻　中央公論社　昭和五十七年
『神と人との間』谷崎潤一郎全集第九巻　中央公論社　昭和五十六年
「佐藤春夫」保田與重郎全集第十巻　講談社　昭和六十一年
『わが萬葉集』保田與重郎全集第三十五巻　講談社　昭和六十三年
「和泉式部」保田與重郎全集第十四巻　講談社　昭和六十一年
『萬葉集の精神』保田與重郎全集第十五巻　講談社　昭和六十二年
「みやらびあはれ」保田與重郎全集第二十四巻　講談社　昭和六十二年
「民藝運動について」保田與重郎全集第三十六巻　講談社　昭和六十三年
「現代日本文化と民藝」保田與重郎全集第四巻　講談社　昭和六十一年
「河井寛次郎」保田與重郎全集第三十巻　講談社　昭和六十三年
「美術的感想」保田與重郎全集第二十四巻　講談社　昭和六十二年
「解説」須永朝彦　『佐藤春夫』日本幻想文学集成11　国書刊行会　平成四年
『佐藤春夫論』中村光夫　文藝春秋新社　昭和二十六年
『建礼門院右京大夫集』糸賀きみ江校注　新潮日本古典集成　新潮社　昭和五十四年
『大和物語』高橋正治校注　日本古典文学全集8　小学館　昭和五十二年
『谷崎文学の愉しみ』河野多恵子　中央公論社　平成五年
『谷崎潤一郎』秦恒平　筑摩叢書　平成元年
『萬葉集品物図会』下巻　鹿持雅澄　日本古典全集刊行会　昭和二年

『増訂萬葉植物新考』松田修　社会思想社　昭和四十五年
『前田夕暮歌集』アルス文庫　昭和二年
『草木祭』前田夕暮　ジープ社　昭和二十六年
《Un si funeste désir》P. Klossowski Gallimard 1963
「ヘルダーリンの讃歌『イスター』」ハイデッガー全集第五十三巻　創文社　昭和六十二年
「ヘラクレイトス」ハイデッガー全集第五十五巻　創文社　平成二年
「俳句と近代詩」折口信夫全集第二十七巻　中央公論社　昭和四十三年
『柿本人麻呂』折口信夫全集第九巻　中央公論社　昭和四十一年
「神　やぶれたまふ」折口信夫全集第二十三巻　中央公論社　昭和四十二年
「神道宗教化の意義」折口信夫全集第二十巻　中央公論社　昭和四十二年
「神道の友人よ」折口信夫全集第二十巻　中央公論社　昭和四十二年
「民族教より人類教へ」折口信夫全集第二十巻　中央公論社　昭和四十二年
「神道の新しい方向」折口信夫全集第二十巻　中央公論社　昭和四十二年
「反省の文学源氏物語」折口信夫全集第八巻　中央公論社　昭和四十一年
「日本人の神と霊魂の観念そのほか」『柳田國男対談集』宮田登編　ちくま学芸文庫　平成四年
『日本書紀』下　坂本太郎、家永三郎、井上光貞、大野晋校注　日本古典文学大系68　岩波書店　昭和四十年
『萬葉集古義』全十巻　鹿持雅澄　国書刊行会　大正十二年
『保元物語』栃木孝惟校注　新日本古典文学大系43　岩波書店　平成四年
『詞花和歌集』工藤重矩校注　新日本古典文学大系9　岩波書店　平成元年
『椒庭秘抄』角田文衛　朝日新聞社　昭和五十二年

『和泉式部全集』與謝野晶子編纂校訂　日本古典全集刊行会　昭和二年
「釈迢空」『わが愛する詩人の伝記』室生犀星　中央公論社　昭和三十五年
『わが師・折口信夫』加藤守雄　朝日文庫　平成四年
『折口信夫とその人生』塚崎進　桜楓社　昭和三十七年
『折口信夫の晩年』岡野弘彦　中央公論社　昭和四十四年
『日本歌學の源流』山田孝雄　日本書院　昭和二十七年
『ジル』上・下　P・ドリュ・ラ・ロシェル　若林真訳　国書刊行会　昭和六十二年
「笈の小文」『芭蕉文集』富山奏校注　新潮日本古典集成　新潮社　昭和五十三年
「野ざらし紀行」『芭蕉文集』富山奏校注　新潮日本古典集成　新潮社　昭和五十三年
（敬称略・順不同）

初出一覧

「批評私観」　「新潮」平成五年七月号

「柄谷行人氏と日本の批評」　「新潮」平成五年十一月号

「ソフトボールのような死の固まりをメスで切り開くこと」　「新潮」平成六年七月号

「放蕩小説試論」　「三田文学」平成五年冬号

「芥川龍之介の『笑い』」　「新潮」平成四年三月号

「精神の散文」　「イロニア」平成六年第四号

「水無瀬の宮から」　「国文学」平成五年十二月号

「木蓮の白、山吹の黄」　「日本経済新聞」平成六年三月六日

「斑鳩への急使」　「イロニア」平成五年第一号

「ほむら、たわぶれ」　「イロニア」平成六年第六号

「さすらひたまふ神々」　「イロニア」平成七年第八号

「日本という問い」　「朝日新聞」平成五年十二月九日

「生活の露呈」　「イロニア」平成六年第三号

「甘美な人生」　「波」平成五年八月号

解説　妖刀伝説

久世光彦

　福田和也という人とは、この人が中学生のころからの付き合いのように思われてならない。ちょっと不良で、喧嘩っ早く、町場の評判はあまり良くないが、勢い込んだ顔が可愛らしいのである。——昭和十年代の新聞広告に《ミナト式》という注入型の鼻薬の宣伝があって、その登録商標《トレード・マーク》のイメージ・キャラクターに人気があった。硬そうな髪をキチンと七三に分けてポマードで固めた、丸眼鏡の男が、左手の治療器を鼻孔に突っ込み、気持ちよさそうにしているのだ。この気持ちよさそうな表情が、何とも可愛らしく、女学生たちは教師たちの中にこの男に似た顔を見つけては、《ミナト式》と渾名《あだな》した。そのころは、どんな女学校にも、かならず一人《ミナト式》という教師がいたと聞く。そのキャラクターに福田和也はそっくりなのである。もちろん瞬間的な外貌のことだから、暗喩でもなければ、皮肉でもない。この人に会って、内心こっそり愉しむだけの話である。

　私にとって興味があるのは、こんな面白い顔をしていて、この人が割合ほんものの不良であるところだ。見過ぎ世過ぎのためのポーズではなく、懐を探れば、晒《さらし》に巻いた古いドスが出てきそうな、真正の不良ではないかと思われるのだ。たぶんこのドスは、元を辿れば昭和のはじめ、中也が死の床で小林秀雄に預け、小林は落ち着かないまま仏壇の裏に隠し、晩年あまり深い考えもなく江藤淳に譲り、江藤淳は怖くて、たまたまニコニコ遊びにきていた福田和也に手渡してしまったに違いない、伝説の妖刀であった。そして、福田和也の中に狂暴な衝動が目覚めた。あるときから、福田和也の文章に、妙に妖しい自信が現れた謎は、一本の不吉なドスの行方を尋ねることでしか、解けない。

私自身は決して不良でもないし、かつて不良でもなかったが、昔の不良が懐かしくてならないから、その末裔を判別するカンだけは、他の人たちよりあると思っている。私がこの人の書いたものを読んだのは、たぶん三島賞を受賞した『日本の家郷』がはじめてだと思う。この、ある種の論文には、まず勢いがあった。自分で集め、自分で並べた資料や文献を、まったく有難がらず、それを平気で自分の足で蹴散らして、奔馬のように《ミナト式》の顔が、真っすぐこっちへやってくるのだ。冷静を装いながら、狂暴だった。不思議な省略が、テンポとリズムのせいで、ヒョイと忘れられてしまうのだ。この人の特性は、カンだと私は思った。まず表現として、言い切ってしまう。あとは、その一つの表現に向って、乱暴に収斂《しゅうれん》していくのだ。そして、脆弱《ぜいじゃく》で女っぽい論理とやらを、乱暴な《不良》が平気で踏みにじっていく快感を、『日本の家郷』と、それにつづく作品群は、久しぶりに私たちに思い出させてくれた。多くの批評、評論の中で、お仕着せの堅苦しい衣裳を纏わされていた過去の人たちは、福田和也の手にかかると奇妙な自由さで、そこらを動きはじめるのだった。たとえば、倭建命《やまとたけるのみこと》も、横光利一も、保田與重郎も——彼らは森の小人みたいに、朝の木洩れ日の中をピョンピョン楽しげに跳び回るようだった。

　街の冷たい視線に目もくれず、ネオンの露地を駈け抜ける、かつての不良は、羨ましいくらい女にもてた。煙草を口に咥《くわ》えれば、素早く女の白い指がマッチの火を寄せてきた。色っぽかったからである。殺気だった目の配りや、しなやかに長い指や、目の下に残るドスでハツられた傷跡が、女たちには愛《いと》しくてならなかった。井上靖の『三ノ宮炎上』に出てくる戦時中の不良たちは、みんなそうだった。私が知っている焼け跡の不良たちも、みんなそうだった。男でもゾッとするくらいの、色気があった。——私が福田和也を不良に喩えるのは、一つにはそのこともある。彼の文章がこのところ目に見えて色っぽくなってきたと思うのだ。私は近代の批評の中で、色気がある文章を書いたのは、かつてのドスの所持者、小林秀雄一人だと思っているが、それとよく似た匂いを、ふと福田和也のこのごろの文章に嗅ぐように思うことがあるのだ。——

　甘美な人生という言葉と、たとえ非道な放蕩や悪逆な政治に手を染める事になっても陶酔を追求するという覚悟が、自分に相応《ふさわ》しい唯一つの烙印であると、十八歳の私は考えていた。

……何故か、私にはサムソナイトに、中身が一杯に詰まっていると思われた。／その中身は一体何かは知らないけれど、何者かが、旅立とうとして、旅立たないままであることだけは、顕《あき》らかのように思われた。／このような、何とも知れない荷物をかかえて、私たちは、眼前の空白からいずこかへの空白と、また出発しなければならない。

前の、三島由紀夫ばりの文章は、「甘美な人生」の一節であり、後のそれは、平成八年の『保田與重郎と昭和の御代』から引いたものである。それなら、小林秀雄はどうだったのか。——

……茫然《ぼんやり》として据えた眼の末に松葉杖の男の虫の様な姿が私の下駄の跡を辿ってヒョコヒョコと此方《こっち》へやってくるのが小さく小さく見えた。

大正十三年、つまりいまから七十五年も前に、小林秀雄が書いた「一つの脳髄」という文章の最終節だが、読点《とうてん》が一つもない愚図愚図した文章なのに、何やら色っぽくて、怖い。これは正しく言えば《批評》ではないだろうが、次の『Xへの手紙』は彼の出世作『様々なる意匠』の三年後に発表された、明らかな《批評》の、書き出しの部分である。――

この世の真実を陥穽《かんせい》を構えて捕えようとする習慣が身についてこの方、この世はいずれしみったれた歌しか歌わなかった筈だったが、その歌はいつも俺には見知らぬ甘い欲情を持ったものの様に聞えた。で、俺は後悔するのがいつも人より遅かった。

どこに色気がある、どんな風に似ていると言われると困ってしまうが、文章から何かが伝わってくるということは、その人の色気が伝わってくることだと私は思っている。それは詩や小説の分野のことだと言う人は、とんでもない勘違いをしている。わざと難しい言葉を使い、普通の人が名前も知らない外国の批評家の名前や著作を並べて、《周知の如く》などと言って悦に入っている文章は、いくら《正しく》ても、所詮人の気持ちには届かない。――小林秀雄は、昭和を代表する《不良》だった。この不良のおかげで、何人もの男が血を吐いて死に、長谷川泰子をはじめ何人もの女が、狂乱の踊りを踊らされた挙句、悶えて死んだ。そんな危険で色っぽかった男とよく似た匂いのする福田和也は、正面切って平成の《不良》に、早晩なってくれるだろうか。私は幸い同席したことはないが、ネオンの巷での彼の姿には、明らかにその狂気の予兆が見られると人は言う。

この世界は、狂気と凶器を持った奴の勝ちである。そういう恵まれた奴には、世間への遠慮だの、傍を見回しての慎重さだのは無用である。若いからこそ慌てるがいい。文芸の世界に、制限速度などというものはあるはずがない。福田和也のいく道は、片手ハンドル鼻唄街道である。怖れるものは何もない。なぜなら、この人の懐深くには、伝来の妖刀が荒い息を吐いているではないか。——そうした疾走の果て、福田和也が横死する様さえ、私は見たいと思っているのだ。

本書は一九九五年五月三十日、新潮社より刊行された。

戦後日本漢字史　阿辻哲次

GHQの漢字仮名廃止案、常用漢字制定に至る制度的変遷、ワープロの登場。漢字はどのような議論や試行錯誤を経て、今日の使用へと至ったか。

現代小説作法　大岡昇平

西欧文学史に通暁し、自らの作品においては常に事物を明晰に観じ、描き続けた著者が、小説作法の要諦を論じ尽くした名著を再び。（中条省平）

折口信夫伝　岡野弘彦

古代人との魂の響き合いを悲劇的なまでに追求した人・折口信夫。敗戦後の思想まで、最後の弟子が師の内面を描く。追慕と鎮魂の念に満ちた傑作伝記。

日本文学史序説（上）　加藤周一

日本文学の特徴、その歴史的発展や固有の構造を浮き上がらせて、万葉の時代から源氏・今昔・能・狂言を経て、江戸時代の徂徠や俳諧まで。

日本文学史序説（下）　加藤周一

従来の文壇史やジャンル史などの枠組みを超えて、幅広い視座に立ち、江戸町人の時代から、国学や蘭学を経て、維新・明治、現代の大江まで。

村上春樹の短編を英語で読む 1979～2011（上）　加藤典洋

英訳された作品を糸口に村上春樹の短編世界を読み解き、その全体像を一望する画期的批評。村上の小説家としての「闘い」の様相をあざやかに描き出す。

村上春樹の短編を英語で読む 1979～2011（下）　加藤典洋

デタッチメントからコミットメントへ――。デビュー以来の80編におよぶ短編を丹念にたどることで浮かびあがる、村上の転回の意味とは？（松家仁之）

江戸奇談怪談集　須永朝彦編訳

江戸の書物に遺る夥しい奇談・怪談から選りすぐった百八十余篇を集成。端麗な現代語訳により、古の妖しく美しく怖ろしい世界が現代によみがえる。

王朝奇談集　須永朝彦編訳

『今昔物語集』『古事談』『古今著聞集』等の古典から稀代のアンソロジストが流麗な現代語訳で遺した82編。幻想とユーモアの玉手箱。（金沢英之）

江戸の想像力　田中優子

平賀源内と上田秋成という異質な個性を軸に、江戸18世紀の異文化受容の屈折したありようとダイナミックな近世の〈運動〉を描く。（松田修）

日本人の死生観　立川昭二

西行、兼好、芭蕉等代表的古典を読み、「死」の先達から「終（しま）い方」の極意を学ぶ指針の書。日本人の心性の基層とは何かを考える。（島内裕子）

鏡のテオーリア　多田智満子

天然の水鏡、銅鏡、ガラスの鏡——すべてを容れる鏡は古今東西の人間の心にどのような光と迷宮をもたらしたか。テオーリア（観照）はつづく。

魂の形について　多田智満子

鳥、蝶、蜜蜂などに託されてきた魂の形象。夢のようでありながら真実でもあるものに目を凝らし、想念を巡らせた詩人の代表的エッセイ。（金沢百枝）

頼山陽とその時代（上）　中村真一郎

江戸後期の歴史家・詩人頼山陽の生涯は、病による異変とともに始まった——。山陽や彼と交流のあった人々を活写し、漢詩文の魅力を伝える傑作評伝。

頼山陽とその時代（下）　中村真一郎

江戸の学者や山陽の弟子たちを眺めた後、畢生の書『日本外史』はじめ、山陽の学藝を論じて大著は幕を閉じる。第22回芸術選奨文部大臣賞受賞（揖斐高）

定家明月記私抄　堀田善衞

美の使徒・藤原定家の厖大な日記『明月記』を読みとき、大乱世の相貌と詩人の実像を生き生きと描く名著。本篇は定家一九歳から四八歳までの記。

定家明月記私抄　続篇　堀田善衞

壮年期から、承久の乱を経て八〇歳の死まで。乱世を生きぬき宮廷文化最後の花を開いた藤原定家の人と時代を浮彫りにする。（井上ひさし）

都市空間のなかの文学　前田愛

鷗外や漱石などの文学作品と上海・東京などの都市空間——この二つのテクストの相関を鮮やかに捉えた近代文学研究の金字塔。（小森陽一）

増補 文学テクスト入門 前田愛

漱石、鷗外、芥川などのテクストに新たな読みの可能性を発見し、〈読書のユートピア〉へと読者を誘なう、オリジナルな入門書。（小森陽一）

後鳥羽院 第二版 丸谷才一

後鳥羽院は最高の天皇歌人であり、その和歌は藤原定家の上をゆく。「新古今」で偉大な批評家の才も見せる歌人を論じた日本文学論。（湯川豊）

図説 宮澤賢治 天沢退二郎／栗原敦／杉浦静編

賢治を囲む人びとや風景、メモや自筆原稿など、約250点の写真から詩人の素顔に迫る。第一線の賢治研究者たちが送るポケットサイズの写真集。

宮沢賢治 吉本隆明

生涯を決定した法華経の理念は、独特な自然の把握や倫理に変換された無償の資質といかに融合したのか？ 作品への深い読みが賢治像を画定する。

東京の昔 吉田健一

第二次大戦により失われてしまった情緒ある東京。その節度ある姿、暮らしやすさを通してみせる、作者一流の味わい深い文明批評。（島内裕子）

日本に就て 吉田健一

政治に関する知識人の発言を俎上にのせ、責任ある市民に必要な「見識」について舌鋒鋭く論じつつ、路地裏の名店で舌鼓を打つ。甘辛評論選。（苅部直）

甘酸っぱい味 吉田健一

酒、食べ物、文学、日本語、東京、人、戦争、暇つぶし等々についてつらつら語る、どこから読んでもヨシケンな珠玉の一〇〇篇。（四方田犬彦）

英国に就て 吉田健一

少年期から現地での生活を経験し、ケンブリッジに進んだ著者だからこそ書ける極めつきの英国文化論。既存の英国像がみごとに覆される。（小野寺健）

平安朝の生活と文学 池田亀鑑

服飾、食事、住宅、娯楽など、平安朝の人びとの生活を、『源氏物語』や『枕草子』をはじめ、さまざまな古記録をもとに明らかにした名著。（高田祐彦）

紀貫之　大岡信

子規に「下手な歌よみ」と痛罵された貫之。この評価は正当だったのか。詩人の感性と論理的実証によって新たな貫之像を創出した名著。（堀江敏幸）

現代語訳 信長公記（全）　太田牛一　榊山潤訳

幼少期から「本能寺の変」まで、織田信長の足跡をつぶさに伝える一代記。作者は信長に仕えた人物で、史料的価値も極めて高い。（金子拓）

現代語訳 三河物語　大久保彦左衛門　小林賢章訳

三河国松平郷の一豪族が徳川を名乗って天下を治めるまで、主君を裏切ることなく忠勤にはげんだ大久保家。その活躍と武士の生き方を誇らかに語る。

雨月物語　上田秋成　高田衛／稲田篤信校注

上田秋成の独創的な幻想世界「浅茅が宿」「蛇性の婬」など九篇を、本文、語釈、現代語訳、評を付しておくる〝日本の古典〟シリーズの一冊。

一言芳談　小西甚一校注

往生のために人間がなすべきことは？　思いきった逆説表現と鋭いアイロニーで貫かれた、中世念仏者たちの言行を集めた聞書集。（臼井吉見）

古今和歌集　小町谷照彦訳注

王朝和歌の原点にして精髄と仰がれてきた第一勅撰集の全歌訳注。歌語の用法をふまえ、より豊かな読みへと誘う索引類や参考文献を大幅改稿。

枕草子（上）　清少納言　島内裕子校訂・訳

芭蕉や蕪村が好み与謝野晶子が愛した、北村季吟の注釈書『枕草子春曙抄』の本文を採用。江戸、明治と読みつがれてきた名著に流麗な現代語訳を付す。

枕草子（下）　清少納言　島内裕子校訂・訳

『枕草子』の名文は、散文のもつ自由な表現を全開させ、優雅で辛辣な世界の扉を開いた。随筆文学屈指の名品は、また成熟した文明批評の顔をもつ。

徒然草　兼好　島内裕子校訂・訳

後悔せずに生きるには、毎日をどう過ごせばよいか。人生の達人による不朽の名著。全二四四段の校訂原文と、文学として味読できる流麗な現代語訳。

歴史・科学・現代　加藤周一
知の巨人が、丸山真男、湯川秀樹、サルトルをはじめとする各界の第一人者とともに、戦後日本の思想と文化を縦横に語り合う。（鷲巣力）

『日本文学史序説』補講　加藤周一
文学とは何か、〈日本的〉とはどういうことか、不朽の名著について、著者自らが縦横に語った講義録。大江健三郎氏らによる「もう一つの補講」を増補。

沈黙の宗教――儒教　加地伸行
日本人の死生観の深層には生命の連続を重視する儒教がある。墓や位牌、祖先祭祀などの機能と構造や歴史を読み解き、儒教の現代性を解き明かす。

中国人の論理学　加地伸行
毛沢東の著作や中国文化の中から論理学上の中国的特性を抽出し、中国人が二千数百年にわたって追求してきた哲学的主題を照らし出すユニークな論考。

基礎講座　哲学　木田元／須田朗　編著
日常の「自明と思われていること」にはどれだけ多くの謎が潜んでいるのか。哲学の世界に易しく誘い、その歴史と基本問題を大づかみにした名参考書。

あいだ　木村敏
自己と環境との出会いの原理である共通感覚「あいだ」。その構造をゲシュタルトクライス理論および西田哲学を参照しつつ論じる好著。（谷徹）

自分ということ　木村敏
自己と時間の病理をたどり、存在者自己と自己の存在それ自体の間に広がる「あいだ」を論じる木村哲学の入門書。（小林敏明）

自己・あいだ・時間　木村敏
間主観性の病態である分裂病に「時間」の要素を導入し、現象学的思索を展開する。精神病理学者である著者の代表的論考を収録。（野家啓一）

分裂病と他者　木村敏
分裂病者の「他者」問題を徹底して掘り下げた木村精神病理学の画期的論考。「あいだ＝いま」を見つめ開かれる「臨床哲学」の地平。（坂部恵）

ちくま学芸文庫

甘美《かんび》な人生《じんせい》

二〇〇〇年八月　九　日　第一刷発行
二〇二四年十月二十五日　第三刷発行

著　者　福田和也（ふくだ・かずや）
発行者　増田健史
発行所　株式会社　筑摩書房
東京都台東区蔵前二―五―三　〒一一一―八七五五
電話番号　〇三―五六八七―二六〇一（代表）

装幀者　安野光雅
印刷所　三松堂印刷株式会社
製本所　三松堂印刷株式会社

ISBN978-4-480-08572-6 C0195